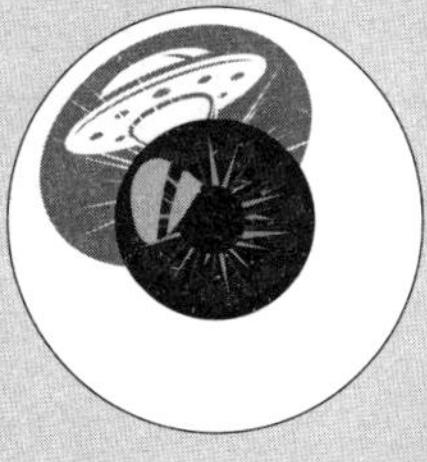

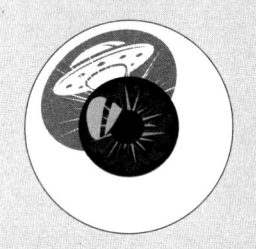

科幻文学群星榜

华语实力科幻作品
群星奖大满贯

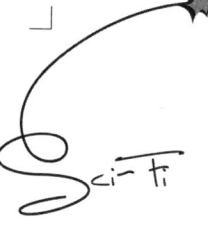

第七种可能

程婧波——著

民主与建设出版社
·北京·

© 民主与建设出版社，2022

图书在版编目（CIP）数据

第七种可能 / 程婧波著 . — 北京 : 民主与建设出版社 , 2021.7
ISBN 978-7-5139-3580-7

Ⅰ . ①第… Ⅱ . ①程… Ⅲ . ①幻想小说 – 中国 – 当代 Ⅳ . ① I247.5

中国版本图书馆 CIP 数据核字（2021）第 108301 号

第七种可能
DI－QI ZHONG KENENG

著　　者	程婧波
责任编辑	刘　芳
封面设计	宋双成
出版发行	民主与建设出版社有限责任公司
电　　话	（010）59417747　59419778
社　　址	北京市海淀区西三环中路 10 号望海楼 E 座 7 层
邮　　编	100142
印　　刷	三河市冠宏印刷装订有限公司
版　　次	2021 年 7 月第 1 版
印　　次	2022 年 2 月第 1 次印刷
开　　本	880mm×1300mm　1/32
印　　张	6
字　　数	147 千字
书　　号	ISBN 978-7-5139-3580-7
定　　价	25.80 元

注：如有印、装质量问题，请与出版社联系。

《科幻文学群星榜》编委会

总策划：李继勇　北京书香文雅图书文化有限公司总经理
主　编：中国科普作家协会科幻专业委员会
总统筹：韩　松　静　芳

编委会：

王晋康／中国作家协会会员，科幻创作研究基地主任，中国科幻银河奖终身成就奖及全球华语科幻星云奖终身成就奖获得者。

王　瑶／笔名夏笳，西安交通大学副教授、中文系主任，科幻作家和科幻研究学者。

任冬梅／中国社会科学院台湾研究所副研究员，科幻研究学者。

江　波／科幻作家，全球华语科幻星云奖、中国科幻银河奖、京东文学奖获得者。

杨　枫／成都八光分文化CEO，冷湖科幻文学奖发起人之一。

李　俊／笔名宝树，科幻作家，全球华语科幻星云奖、中国科幻银河奖获得者。

肖　汉／科幻评论者，北京师范大学文学院讲师。

吴　岩／中国科普作家协会副理事长，南方科技大学教授、博士生导师、科学与人类想象力研究中心主任。

陈楸帆／世界华人科幻协会会长，传茂文化创始人。

陈　玲／中国科普作家协会秘书长。

张　凡／钓鱼城科幻中心创始人，科幻研究学者。

张　峰／笔名三丰，科学与幻想成长基金首席研究员，科幻研究学者。

罗洪斌／中国科普作家协会会员，科幻活动家。

姜振宇／四川大学文学与新闻学院中国科幻研究院院务秘书长。

姚海军／科幻世界杂志社副总编，全球华语科幻星云奖联合创始人。

贾立元／笔名飞氘，科幻作家，清华大学文学博士、中文系副教授。

姬少亭／未来事务管理局CEO。

韩　松／中国作家协会会员，中国科普作家协会科幻专业委员会主任委员。

戴锦华／北京大学中文系比较文学研究所教授、博士生导师、电影与文化研究中心主任。

李继勇／北京书香文雅图书文化有限公司总经理。

静　芳／北京书香文雅图书文化有限公司总编辑。

总 序

想象新时代

"科幻文学群星榜"是由中国科普作家协会科幻专业委员会联合其他科幻组织共同推出的一套科幻书系。这是一个规模庞大的工程，目前来看，也是独一无二的工程，基本囊括了中华人民共和国成立以来老中青几代具有代表性的科幻作家的佳作。这些作家的年龄，最早的是20世纪20年代出生的，最晚的是"90后"。

科幻文学作为一种年轻的文学品类，本身就是现代化的产物。1818年，世界上第一部科幻小说《弗兰肯斯坦》诞生在第一个实现革命的国家——英国。然后，科幻文学在法国、美国、日本等工业化国家繁荣起来，进入蓬勃发展的黄金时代。科幻作品反映着科技时代人类社会的变迁和走向，反思当代人类面临的多重困境，力图打破所谓世界末日的预言，最终描绘出一个五彩斑斓、生机勃勃的新未来。

早在20世纪初，中国的一些有识之士便把科幻作品译介进来，掀起了第一次科幻热潮。它承载起"导中国人群以行进""改变中国人的梦"的使命。20世纪50年代至60年代，随着中国的工业和科技体系的建立，科幻作家们以满腔热情擘画了一个欣欣向荣的新世界。1978年改革开放后，中

国再次向现代化进军,科幻迎来新的勃兴。作家们满怀豪情地书写科学技术为实现现代化,为谋求人民的幸福生活所创造出的神奇美景。进入21世纪,随着新时代的来临,这个文学门类也进入成长的新阶段。随着《三体》等作品的问世,中国科幻迎来了新一轮热潮。作家们描绘着古老的中华民族在实现全面小康和建成现代化强国的过程中所面临的新机遇、新挑战,谱写着中国走向世界、步入太阳系舞台中央并参与宇宙演化的新篇章。

科幻文学的发展折射着中国国运的巨大变迁。当今,海内外不同领域的人们对中国的科幻文学的空前关注,实际上是关注中国的未来,关注世界第二大经济体将如何持续演进,关注14亿人的创造力将怎样影响这个星球。从现实意义上来说,这套书系不但包含这些丰富的信息,而且集中梳理了新中国科幻文学取得的辉煌成就,整理出新中国科幻文学发展的广阔脉络;而且从一个特殊的侧面,反映了中华民族从站起来、富起来到强起来的进程,见证着中国走向更加灿烂辉煌的未来。

这套书系具有以下三个特点。

一是权威性。它由中国科普作家协会科幻专业委员会主持编选,并与国内多个科幻文化组织合作,得到了包括中国科普作家协会科学文艺专业委员会、《科幻世界》杂志社、南方科技大学科学与人类想象力研究中心、未来事务管理局、八光分文化、重庆钓鱼城科幻中心等的鼎力相助。编者从中华人民共和国成立以来的海量科幻文学作品中,精选出足以体现时代特征的作品。收入书系的作者,涵盖了雨果奖、银河奖、星云奖、晨星奖、光年奖、未来科幻大师奖、引力奖、水滴奖、冷湖奖、原石奖、坐标奖、星空奖等中外各类科幻大奖的获得者。

二是系统性。它收集了中华人民共和国成立以来不同时期作家的代表作。作者中有新中国科幻奠基者和老一代作家，如郑文光、童恩正、萧建亨、刘兴诗、潘家铮、金涛、程嘉梓、张静等，也有改革开放后崛起的新生代作家，如刘慈欣、王晋康、何夕、韩松、星河、杨鹏、杨平、刘维佳、赵海虹、凌晨、潘海天、万象峰年等，以及以"80后"为主体的更新代作家，如陈楸帆、飞氘、江波、迟卉、宝树、张冉、程婧波、罗隆翔、七月、长铗、梁清散、拉拉、陈茜等，还有在21世纪崛起的全新代作家，如杨晚晴、刘洋、双翅目、石黑曜、王诺诺、孙望路、滕野、阿缺、顾适等，从而构成比较完整而连续的新中国科幻光谱，同时也是对中国科幻文学发展历史的一次系统检阅。

三是丰富性。它比较全面地展现了广域时空中新中国的科幻生态和创作风格。这里面既有科普型的，也有偏重文学意象的；既有以自然科学为主体的"硬"科幻，也有侧重社会现象的"软"科幻；既有代表科幻未来主义的，也有反映科幻现实主义的；既有传统风格的写法，也有实验性质的探索。作品的主题涵盖了中国科技、社会、文化和民生的热点。从中可以看到，一个曾经积弱的民族，如今正活跃在地球内外、大洋上下、宇宙太空、虚拟世界、纳米单元、时间航线、大脑意识等各个空间。这里有中国政府和人民引领抗击全球灾难的描述，有脱贫的中国农民以新姿态迈出太阳系的故事，也有星际飞船和机器人在银河系中奏唱国际歌的传奇。

这套书系力求构建起一个灿烂的星空，并以此映射人们敏感而多样的心灵。爱因斯坦说，想象力比知识更重要。科幻是相伴人类发展进步而产生的新兴事物，是一个民族想象力的集中反映，是科技创新的艺术表达，在人们面前呈现出一幅幅奔向明天、憧憬和创建未来的美好画卷。许许多多杰出的科学家、工程师和企业家在年轻时受科幻文学的熏陶和影响，因此走上了创造神奇新世界的道路。中国正在稳步建设创新型国家，需要更

多富有创造力的人才。科幻文学也肩负着实现中国梦的责任，在点燃青少年科学梦想、激发民族想象力和创造力方面，起着不可或缺的作用。

这套书系将为广大读者，尤其是年轻人打开中国科幻和未来世界的门户，有助于人们拓宽视野、开阔思想、激发灵感、探索未知、明达见识。它也将进一步促进中外科幻、科技、文化和文明的交流，为人类的共同发展做出中国的一份独特贡献。

中国科普作家协会科幻专业委员会

2020年10月1日

创作谈

专访程婧波：科幻人生的七种可能

2020年6月，幻想小说集《倒悬的天空》出版，与读者见面。图书的封面上印着一只蓝色的瞳孔，眼眸中映射着璀璨的星河，一如这本精选集背后那个鬼马精灵的科幻作家——四川大学文学与新闻学院2001级校友程婧波。

3个光怪陆离的星球、6个空灵华美的故事、200段浪漫至死的幻想，这是《倒悬的天空》，也是这位被刘慈欣盛赞的科幻才女执笔描摹出的奇妙图景。二十余年的光阴里，从少年出道到获奖无数，从天真学子到职业作家，从姐姐家的书房到川大的课堂再到出版社，程婧波认真做着一件事——记录自己脑海中冒出的每一幕场景，再将它们亲手编织成一个个天马行空却真实温暖的世界，静待这些文字与奇思共构的世界"连接"起幻想与现实、人类与自然、个体与宇宙……程婧波说，自己喜欢和享受的，正是这种"连接感"。

"写这本书的我，读这本书的你，137亿年前，属于同一粒星尘。"《倒悬的天空》的扉页上，她如是写道。

第一种可能/《像苹果一样地思考》

不同于许多人的"循规蹈矩"，程婧波的童年有着不一样的色彩。

程婧波出生于四川，巴山蜀水，闲适小镇，耳濡目染下的她也在骨子里刻下了那份肆意随性。

幼时，父母希望她未来能成为一名钢琴家，但比起琴房，她更喜欢把时间留

给各式各样的杂志和图书。姐姐家的书房,便是她的乐园。闲暇的时候,她便钻进书房里,翻阅起姐姐订阅的《少年文艺》杂志,一个个小故事,化成彩色的钥匙,渐渐打开文学的曼妙世界。

一次偶然的机会,她从书架上取下一本不一样的故事书《魔鬼三角与UFO》,这是一部被引进国内的国外科幻小说。一翻开——飞碟、太阳帆船、外星人、神秘海域……种种科幻元素扑面而来,在程婧波眼前编织出一片陌生却奇异的图景。着迷之中,一场特别的旅程也由此展开。

探寻像藤蔓般延伸,蜿蜒到了更多书页中,到了香港中文台的引进美剧中,到了父亲租借的各种各样的录像带里……程婧波说,那时的自己并不知道什么叫作科幻,只是由衷地觉得,那些穿梭在文字与光影中的场景,就是真实的世界。甚至在看完《黑客帝国》后,她整整"懵"了一周,回味着每一帧影像,绞尽脑汁地问自己:"这样的世界究竟在哪里?"

带着一颗好奇心,亦行亦思,路途中,程婧波邂逅了《科幻世界》。这本1979年在成都创刊的科幻杂志,前身是《科学文艺》,在1991年更名为《科幻世界》,不仅在中国掀起了最早的科幻浪潮,更培养了王晋康、刘慈欣等一批科幻大家,成为中国科幻文学最早的舞台。

从初中时的相遇开始,自诩骨灰级科幻迷的程婧波便不允许自己落下任何一期《科幻世界》。1999年,互联网逐渐在国内普及开来,《科幻世界》设立了专属科幻爱好者的聊天室。程婧波连忙借来姐姐的笔记本电脑,连接网络,一头"泡"进聊天室,与一众科幻迷一起,在灵思碰撞中激荡更多的创意和联想。

正是这时,一个念头在她脑海中渐渐萌发、生根,她拿起笔,想为自己心爱的杂志写个故事。这个故事,便是后来的《像苹果一样地思考》。在这个故事的题记中,她写下了一个古怪的问题——"苹果落地,牛顿发现了万有引力,可苹果发现了什么?"

多年过去,关于这篇处女作的灵感究竟来源于何处,甚至对程婧波本人来说都是个谜,只是一切像是水到渠成,自然而然地化为文字,展于纸上;又像是一面镜子,映照着16岁自己的所思所感,所向所往。《科幻世界》与读者们似乎读懂了她的心。投稿后的某一天，独坐在房间里的程婧波在杂志上读到了自己笔下的故事，夜很静，程婧波知道，这是一个新的开始。

第二种可能/《西天》

作为一个初出茅庐的作者，程婧波是幸运的。继《像苹果一样地思考》之后，她又在高中时代写下了《原因》《你看见它了吗》《西天》等科幻作品，陆续发表在《科幻世界》杂志上。

凭借《西天》这篇给人留下了深刻印象的"封面故事"，她以高中生的身份入围了当时中国科幻最高级别的奖项"银河奖"。

从读者到作者，一条未知却让她憧憬的道路，由此铺开。

第三种可能/《第七种可能》

也许是命中注定，也许是机缘巧合，高中计算机老师无意间展示的一张照片，带着程婧波一路走进了四川大学。

照片上，一群学生坐在体育馆前的草坪上，晒着暖暖的阳光，手里捧着香喷喷的卤猪蹄。计算机老师告诉程婧波，这是川大学子在"海纳百川，有容乃大"的四川大学里一个再普通不过的生活片段。照片里的画面印在了程婧波的脑子里，川大满足了她对"大学"的全部想象。

彼时正在备战高考的程婧波，在第一志愿栏中，笃定地填下了"四川大学"。2001年9月，那个从前在姐姐家书房里"书非借不能读也"的小书虫，成了四川大学文学与新闻学院编辑出版学专业的一名新生。

一场新奇的求学旅程开始了。很快，充实多样的课程让她如鱼得水，现代文学、古代文学、编辑出版、新闻理论……曾经的疑问、渴求，一点点被解答、满足，更多的求知欲也不断萌发。

偌大的校园里，程婧波发现原来大学生活的魅力不仅仅在于可以晒着太阳啃猪蹄。她在川大待得最久的地方，就是文科楼对面的东区图书馆。安静的阅览室

中,她一坐就是一整天,典籍、小说、杂志来者不拒,只待这些文字、奇思化为火炬,照亮一个个不一样的世界。

图书馆外,程婧波也没闲着。她跑去外国语学院跟朝鲜族的姑娘学韩语,观察日语系的男生怎么卖盒饭,一有时间,就溜达到川大西区,坐进理工科院系的教室里,靠在像是"巨人"用品的桌椅上(她坚持认为川大西区的桌椅比东区要大那么一号),听老师讲水利、化学、服装设计和新型材料……2003年"非典"肆虐期间,她借着实习机会走进四川大学出版社,静心编书,等到编完书走出大楼,才惊觉阳光洒肩头,"非典"去无踪,感觉"像是走出了防空洞"。

川大以海一般的胸怀包容着她。她在这里如同一滴汇进大海的水珠,体会到了充分的自由。川大也在不动声色地影响和塑造着她。这其中对她影响最大的,便是她的导师,四川大学文学与新闻学院的李苓教授。

从本科编辑出版学专业到研究生传播学专业,七年师生,相教相伴,程婧波觉得,自己从没见过那么优雅的女性。她至今记得一次师生出游中,大家不小心和交警发生了误会,李老师不急不慢地耐心解释,和蔼的笑容,温柔的话语,像钢印一样刻在程婧波的脑海中。她突然发现,怀着温柔和善意对待所有的人和事,是如此美好。

由着那股子对科幻文学的向往,早在2001年大一时程婧波就联合成都七所大学喜欢科幻的"同道中人"共建了一个"文学圈",大家自由畅想,肆意创作,成果被集中纳进了自创的杂志。作为杂志主编之一,程婧波请求李苓老师担任杂志的编委,李老师没有丝毫犹豫,一口应下。这一应,便是多年,直到现在,李老师还认真地保留着那本杂志。几近泛黄的内页,记录着时光荏苒,一如来自恩师的暖意,伴随着年岁渐逝,慢慢化为星点,融入程婧波日后的路途与风景中。

自由求索,温和生长,点滴晕染下,一个个故事在她的脑中与笔下萌芽。时值21世纪初,传统报业发达,新闻传播系师生意气风发,对新闻伦理和报道方式的探讨,往往激烈而令人振奋。当时调查报道盛行,带着课上的思考和专业探讨,加上自己对记者行业的认知,程婧波在川大东区2号楼宿舍里提笔写下了

《第七种可能》。

"菜鸟"记者凭着热血和好奇心,与老辣干练的记者前辈携手调查南极出土的一具史前生物遗骸,寻找恐龙灭亡的真相……令人意想不到的结局,既是她埋下的第七种可能,更渗透着新闻学子对"真相"的初心。

第四种可能/《赶在陷落之前》

2008年,程婧波在川大文科楼完成了自己作为传播学硕士的论文答辩。这篇三万字的硕士毕业论文,是程婧波有史以来写过的最长的一篇"作品"。毕业论文的完成令她突然有了从短篇小说向中篇小说迈进的勇气。彼时,她的脑海中出现了一幅画面——巨人的白骨浮在半空中,用力拽住一座城池向前拖行,前方是无尽的黑暗。

她记下这一幕,写成了《赶在陷落之前》。古老的洛阳城、防风氏的白骨、乱世漂浮的鬼魂、前世今生的轮回……天马行空的想象与国风古韵交织,构造出空灵而深沉的世界,坠入无数读者心间,氤氲出一段离奇却似曾相识的旧梦。

次年,中国作协副主席、书记处书记李敬泽"钦点"《赶在陷落之前》发表在《人民文学》上,称这篇作品"充满了炫目的才情"。文化部(今文化和旅游部)原部长王蒙也在为图书《赶在陷落之前》作序时写道:"这是'自新中国成立以来中国作家创作的适合今天少儿读者阅读的文学佳作'之一。"

自《赶在陷落之前》问世后,程婧波陆续创作出了《吹笛者莫列狐》《开膛手在风之皮尔城》《四月的安徒生》《宿主》《去他的时间尽头》等中篇小说。

在川大求知求学的七年,究竟带给了自己什么?是厚实的知识积累,对真相的向往,还是人生更多的可能?程婧波说不出准确的答案,她只是觉得,自己属于这里,川大提供给自己的是一片海洋,这份深刻在骨子里的自由与自律,是母校最珍贵的礼物。

她知道,带着这份寄托和馈赠,她会走得很远。

第五种可能/《冬天去到南方》

从川大顺利毕业后,程婧波如愿成为一名编辑。那段时间,她编辑图书,创作故事,翻译名著,做着自己喜欢而向往的一切。遇到让自己心仪的作品,认真翻译之余,她还会登录微博、微信,用心写下最真实的感受和推荐语。

不过,看似"循规蹈矩"的她,没有停下自己的脚步。借着儿子读书的机会,她带着全家迁居到了千余里外的泰国清迈。

这趟旅程,一切都是未知,就像她的小说《冬天去到南方》。

全新的环境、陌生的人和事,程婧波并没有觉得不适,相反,倾听着凌晨的鸟鸣声,感受着夜晚的柔和,她愈发理解阿瑟·克拉克最终定居斯里兰卡的选择。"你我皆是宇宙过客,哪里都是他乡,哪里都是故乡。"阿瑟·克拉克的这句话,似乎是她旅居清迈的生活的一个注脚。这个微笑的佛国,为这位来自四川的旅人和作家,指引了方向,让她觉得心安。

海风相伴,肆意快活之间,新的灵感慢慢滋生。在日本邻居的启发下,《讨厌猫咪的小松先生》逐渐成形。友人们开玩笑说,这篇故事并不像小说,更像是日记,甚至还有朋友把故事情节当真,一个跨洋电话打过来,只为询问"你送给小松先生的越光米真的有那么好吃吗?"。

字里行间的闲适和温情,在程婧波看来,源于泰国生活的点滴,更源于自己在这里找到的新的"连接感"。她始终坚信,连接点在哪里,家就在哪里。向外的连接中,新邂逅的每一人、事、物,都会击溃孤独感,带来幸福。

连接和挑战,在她的生活中,不断发生着。

2019年,程婧波公布了"光和书房写作计划",开始挑战全新的角色——写作教师。凭着自己对写作的认知,她将目光锁定在10—14岁的孩子们身上。这个计划的初衷是希望通过不同于常规写作教育的启发和对话,释放孩童的写作天性,找到"未来的作家"。

然而却是加入这个计划的孩子,给她上了一课。

程婧波至今记得班上有个不爱写作的孩子,第一次作业交上来,字里行间都是"不情不愿"。她差一点就要劝退这个没有一点写作兴趣和天赋的孩子。然而，孩子之后的表现却让她大吃一惊——这个孩子从没有落下一节她的写作课，在自由写作的世界里尝到了自由与自律的甜头之后，更是渐入佳境，后期的作品越写越精彩。她在与孩子妈妈的交流中得知，这的确是一个曾经不爱写作的孩子。可是他通过自己的努力，向写作慢慢打开了心扉，后来能够轻轻松松地提笔写出两三千字的优秀作品，着实令人刮目相看。

在写作课开始时，她曾经对孩子们说："希望经过我的陪伴，一年之后的你们回望此时此刻的自己，能由衷地说一句：'我收获了很多。'"

那个最不可能实现这一点的孩子，他做到了。

为孩子的收获和进步欣喜之余，程婧波感到十分惭愧。她默默告诉自己，人生的功课处处皆在。培养"未来的作家"的想法，渐渐转变为聆听、陪伴、引导和共同成长。

为了真正认识每一位学生，课堂人数被严格限定在二十人，这是程婧波认为自己能够和每一个孩子建立好有质量的"连接"的极限。她还细心地为孩子们建立了个人档案，记录他们的成长足迹。

写作计划连接起她和孩子们，连接起更多奇思妙想。她在这种有"连接"的课堂上甘之如饴，心存感激。她愈发喜欢孩子们笔下这些稚嫩但充满生机的故事，并努力发现每个孩子的闪光点，给予他们最真诚的鼓励。

孩子们的写作过程就像一株植物，人们更容易关注到植物露在地表的部分，也就是"表达"，而忽略了发生在地下的更为丰富的世界的一切——植物的根系、松土的蚯蚓、潺潺的暗河，也就是"观察"和"思考"。这样的结果导向，使得写作教育普遍只顾盛放的花朵，而对养育枝叶的沃土视而不见。

她想做的，就是成为一名有连接感的老师，做一场"小而美"的教学，陪着孩子们，关注发生在每一个个体心灵中的每一次情感与体验、发生在每一个个体头脑中的每一次探索和思考，找到真正的"开花原因"。

写作从来不是单纯的表达，而是成长路途中的觉知。

她一直这么想。

第六种可能/《宿主》

2020年6月,程婧波的第一部个人自选集《倒悬的天空》正式出版。这一刻,距她发表科幻处女作《像苹果一样地思考》,已经过去了整整二十一年。

在与科幻相伴的路上,橱柜里逐渐摆满了各式奖杯,她成为被公认的中国新生代科幻作家。

但她从来没有停下探索,也未放弃寻找新的思想连接。

2017年,她开始将自己的小说改编为剧本,为此接受了长达两年的编剧训练。从作者到编剧的转化并非想象中那样顺利。在一遍遍地改稿的过程中,她逐渐意识到许多以前自己不曾考虑的问题——中国的科幻美学是什么?如何才能落地?为了找到答案,她直接从清迈飞回成都,在电影院里一坐就是一整天,关注着观众们的一举一动,一笑一怒。最后,她找到了答案——真实感。只有把握住故事、逻辑的真实性,才能成功将观众带入创作者构想的世界,激发他们的感知。

电影《流浪地球》的成功印证了她的想法。这部从逻辑到美学都极尽"真实"的影片,一经上映,票房轰动,让世界看到了中国的科幻制作水平。

带着对读者感受的关注和在剧本中学到的"地气",程婧波一笔挥就《去他的时间尽头》。这是一个近乎"白描"的故事,褪去华丽的文字和技巧,只剩下完整的情节构思和人物特色。程婧波觉得,这种努力塑造的真实感,将激发自己与读者更真挚的共鸣。

接着,她又写出了《宿主》。她的写作重心逐渐放在了讲述发生在中国人身上的故事上——主人公顾夕的丈夫从她的生活中消失了,她想知道到底发生了什么。顾夕发现丈夫的手机定位出现在青海省的某个地方,那里离北京非常远。可是,她还是上路了,她觉得自己非去不可。这是一个关于女人的故事,也是一个关于寻找真相的故事。更重要的是,这篇小说的故事背景发生在中国。这是一篇讲述中国人生活中的情感困境的故事。

"现在,我们已经习惯那些很具有未来感的故事发生在中国的任何城市,比如北京、上海和重庆。"程婧波在清迈接受加拿大诗人姚丫丫的专访时用英语对她说,"即使这些故事是关于赛博朋克或拯救行星的,故事的主角也毫无疑问是中国人。他们长着中国人的面庞,有着中国人的姓氏,没有观众会对此感到奇怪。这一切都是因为时代改变了。"

似乎是在与她的观点形成映射,她的这篇英文访谈最终翻译成了中文,以方块字的形式印刷发表。

第七种可能/下一部作品

从阅读者到执笔人,一路前行,程婧波对科幻的认知也愈发清晰。她坦言,自己并不在乎被部分读者热议的"奇幻"与"科幻"之争、"软硬科幻"之别,因为这不重要。正如她从科幻作家陈楸帆十多年前写下的小说《霾》中读到的,隐藏在科幻文学乃至所有文学作品中的真正内核,永远是对人性最真实的观照。

在她心中,科幻就像是一场思想实验,作为实验者的科幻作家们往往会假设最极端的条件,竭尽所能地让其"真实化",把问题抛给读者和自己,去探讨、拷问这种条件下人的选择与境地。

而在她自己的作品中,主角们或向外迁徙,或尝试探险,或追寻真相,挖掘、拷问着一个个对个体、生命至关重要的问题。而她自己,也跟着主角们一起,展开一场场的探索之旅……就像剥开洋葱一样,真相也是千层多面的,至于最终落足在哪里,程婧波想把最终的选择权交给读者。

这种向着人本身的追问和追逐,不会停止。

对程婧波而言,新的旅程还在继续。

行路至此,再次出发。未来,自己的笔下又会出现什么样的故事?

她期待着。

师说

在我眼里,程婧波是一个勤于思、慎于言、敏于行的人,是自觉的读者、温暖的作者、有才华的编者。这三种角色,她都表现得很到位,很优秀。读她的作品,更能看出她思考与话语之间严谨的逻辑性。她从小酷爱阅读，能够按自己的兴趣爱好去寻书选书，所以她的认知深度和思考广度能够始终自然又自由地被组构和使用。在我看来，她从事的是纯文学创作劳动，走的路子是纯文学的路子。她的作品始终都在反映人性，这些作品反映的人性是非常阳光和温暖的，里面充满了创造性、逻辑性和人类生命永恒的乐趣，能够为读者插上更自信、更阳光的翅膀。她在学校时很低调，在出版社当编辑业绩斐然却仍然低调，作品获大奖了还保持低调。今年7月，她从泰国清迈快递来新著《倒悬的天空》，让我第一时间分享她的成绩与快乐。婧波始终是话不多，但是说了，就是有分量、有趣味的信息。

——李苓（四川大学文学与新闻学院教授，传播系与编辑出版专业创建人，传播学硕士点传播学史论研究方向和编辑出版学研究方向硕士生导师）

友说

程婧波是一个回乡者，她笔下的故事有一种夹杂着生疏的对于故土和回忆的亲切感，又隐约透露出童年梦幻逐渐忘却之后的勇气和忧伤。科幻创作当然是她寄托幻想又时而归去的众妙之门，可现实也同样如此。在作品中，作者的目光时常往复振荡，她的情绪与虚构的意象时而密切联结，时而又拉开距离以致产生疏离。而在偶尔驻足之后，程婧波又总是不断地返回路上，从这里走到那里，鲜花随着脚步时时绽放。

——姜振宇（四川大学文学与新闻学院博士后，中国科普作协科幻专业委员会会员，全球华语科幻星云奖推选委员会副秘书长）

采写：四川大学文学与新闻学院新闻学硕士　张诗萌

四川大学文学与新闻学院新闻与传播硕士　陈悦月

本文由程婧波在四川大学文学与新闻学院的两位校友于2020年9月采写。原题为《文新走出的科幻才女程婧波：潜心思想实验　连接寰宇万象》。收录到本书中时做了一定整理。

目录

Catalogue

宿主 / 001

第七种可能 / 083

西天 / 101

像苹果一样地思考 / 129

冬天去到南方 / 135

赶在陷落之前 / 141

宿主

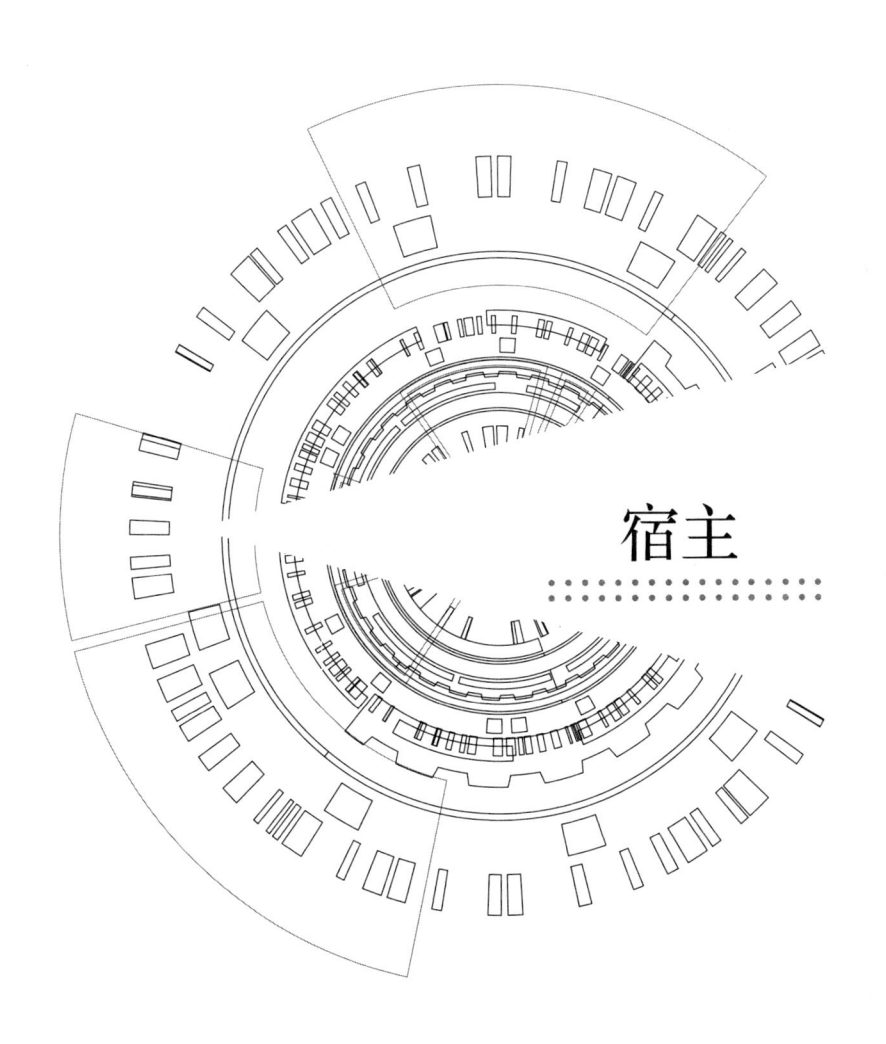

引子

在阳光无法抵达的海洋深处，一粒珍珠般大小的半透明球体随着洋流浮沉游弋。

它在珊瑚礁附近打了个旋儿，又朝着铺满细白沙粒的海床俯冲下去。一股气流吹动了它所在的水域，它颤动着，忽快忽慢地上升，遨游过一尊尊人形的物体——这些物体站立在海底，手拉着手，从头到脚覆盖着深色的海藻和藤壶——在更接近海面的地方，阳光透过碧色的海水，仿佛一根根金丝银线在操纵着这粒小小的微尘——这个漂荡在无垠世界里的傀儡。

然而它是有生命的。

当鱼群经过的时候，它那看似漫无目的的漂游便结束了。它轻柔地靠近一条鱼，无声无息地钻进鱼鳃。

这之后发生了什么？

它苏醒了。那莹白的、珍珠般半透明的身体从内部开始成熟，如同上帝在伊甸园里造出亚当，又以亚当的一根骨头造出了夏娃——它在鱼鳃这片方寸之间的伊甸园里首先成了一个雄性，接着又成了一个雌性。它雌雄同体，与自己交配。

现在，它成了一只黄玉色的成年缩头鱼虱，之后便伸出许多带钩的触爪，攀在了鱼舌根部。好似新生的婴儿一般，它贪婪地吮吸着鱼的血液。几天之后，鱼舌萎缩了。

无论那条鱼同不同意，它已经找到了自己的生存之道，取代了鱼原本的器官，成了鱼的舌头。

它和鱼共同遨游在大海里，直到一艘人类的渔船经过此地。

渔船上撒下一张巨大的网。鱼对危险的来临毫不知情。

渔网慢慢收拢。连同着别的鱼、虾蟹、藤壶还有棕色的泡沫，它们有生以来第一次离开了海水，被带到了空中，又重重地落在了甲板上。

一双双手开始分拣、装箱、运送。鱼被送往码头，运到城市。缩头鱼虱静静地躺在鱼紧闭的大嘴中，它听着由空气传导到自己甲壳上的种种声响，那些声音来自人类的集市和街道——这一切都和它曾经熟悉的、由海水传导的声响如此不同。

终于，鱼再次见到了天空。一个伙计站在饭店的后巷，从刚刚停稳的摩托车后座上打开了泡沫箱。伙计抓起鱼，双手握着它，匆忙跑进后厨。

厨子已经等在那里。

伙计把鱼放上砧板，厨子麻利地用刀背敲了敲鱼的头骨。在烧得冒着青烟的油锅前，鱼张开了嘴巴，一张一翕着。

厨房里有明亮的灯光、氤氲的烟火气，但它根本看不见这些。缩头鱼虱生来就没有视觉。

一种无比陌生的、下油锅时的"滋滋"声，就是它听到的来自这个世界最后的声音。

●VDO 1

　　清晨的阳光、木地板、白纱窗，画架旁散落着几支笔。

一只手推开虚掩的卧室门，镜头随着脚步摇晃了两下，最后自动定焦在了一张熟睡中的脸上。

仿佛感觉到了有人在拍摄自己，被拍的姑娘睁开了眼睛。

拍摄者画外音："媳妇儿，起床啦。"

她先是一愣，接着露出一个微笑，随手操起枕头就朝摄像机砸来。

影片结束。

● VDO 2

阴天，行人匆匆的街头。

姑娘看了眼镜头，竖起右手食指朝身后的大楼一指。

镜头仰起，快速上下扫过摩天大楼的外立面，又回到姑娘脸上。

"今天我们准备去这家打卡。太好啦！这家期待了好久！"她拢了拢头发，茫然看着镜头后的人，"周扬，这家叫什么来着？"

拍摄者画外音："你不是期待了好久吗？咋自己给整忘了？"

姑娘蹦到镜头跟前，掏出手机："那你别录了，我查查。"

影片结束。

● VDO 3

阴天，行人匆匆的街头。

姑娘看了眼镜头，竖起右手食指朝身后的大楼一指。

镜头仰起，快速上下扫过摩天大楼的外立面，又回到姑娘的脸上。

"大家好！今天我们准备去这家打卡。走吧。"姑娘说完转身就走。

拍摄者画外音："不报店名啦？"

姑娘裹紧浅卡其色的风衣朝前走去，头也不回地说："你这句掐掉啊，周扬。"

镜头如影随形地跟着她。

风声和脚步声夹杂着大量杂音。姑娘的背影融入人群。

影片结束。

● VDO 4

暖黄色的灯光下,餐桌上摆着热气腾腾的晚餐。

镜头随着拍摄者的脚步移进厨房,姑娘正围着围裙切菜。

看起来并不娴熟,菜刀"砰"的一声叩响案板。

姑娘轻轻"啊"了一声。

拍摄者画外音:"怎么了?"

姑娘抬头,一脸无辜:"手指给切流血了。"

拍摄者画外音:"咋这么笨呢?来来来,我看看。"

镜头一阵天旋地转,最后与案板呈90°垂直。应该是摄像机被匆忙放在了厨房操作台上。

影片结束。

● VDO 5

一段长达七八秒的雪花噪点。

● VDO 6

一段虚焦的影像。

一片黄沙中,有人凑近摄像机调整了一下摄像头,后退几步,又走上前来伸手关上。

影片结束。

● VDO 7

湛蓝的天空下,一望无际的黄沙和风蚀岩。

镜头自动对焦，扫视着这片无人之境。

拍摄者画外音："媳妇儿，你说想要个特别的求婚。你瞅瞅这儿怎么样？像不像火星？"

镜头又扫视了一圈。四周除了无涯的黄沙和大自然鬼斧神工雕琢而成的风蚀岩，别无他物。

影片结束。

● VDO 8

一阵螺旋桨的噪音，镜头从地平线上摇摇晃晃地升起，好像是摄像机被绑在了无人机上。

空气干燥，视野清晰。

跃过无数赭色沙丘，远方地平线上出现一个渺小的人影。

无人机呼啸着飞向人影，俯冲，镜头放大。

那是一个穿着泛黄的宇航服的人。他浑身臃肿，黑色的宇航面罩上映照出黄沙与风蚀岩。他抬起头，朝着无人机挥手。

无人机飞近，他俯身从地上拾起一块大约一米长、半米宽的纸板。

镜头对焦，纸板上用黑体字写着：

顾夕同学

他将这页纸板放到脚边，双手举起第二页朝无人机方向展示：

我已老大

接着第三页：

你也不小

第四页：

认识这么久

第五页：

想请你帮个忙

他停顿了一会儿。周围回荡着螺旋桨搅动空气的声音，但又仿佛整个世界此时鸦雀无声。

他掀开最后一页，久久地举向天空：

嫁给我，好吗？

无人机绕着"宇航员"盘旋了一圈。

在盘旋到第二圈时，影像仿佛受到某种信号干扰，突然扭曲，持续三秒。黑屏。

DAY 1　3月29日

无人机的螺旋桨声渐渐变成了越野吉普的引擎声。

顾夕在颠簸的吉普车副驾上醒了过来。她眯眼看看窗外，夕阳正悬垂在远方的地平线上。一望无际的赤红色戈壁就是整个世界，远远近近只有沉默的风蚀岩和它们脚下同样沉默的浓烈阴影。收音机里传来断断续续的声音："今年两者距离仅为5760万公里，是15年来最近的一次。火星和地球每15年靠近一次，最远时相距大约4亿公里……"

相较于录像里那张鲜活快乐的脸，顾夕的脸此刻看起来憔悴且狼狈，但那倔强清秀的五官没有变，闪动着灵气的眸子没有变。哪怕距离拍摄那

些录像的时间已经过去了好几年,仍可以从眉眼间一下子认出她来。

车窗外,在她与夕阳之间横亘着的那片不毛之地,一如录像中的景象。

顾夕定了定神,仔细回忆着。不,那不是录像,那只是她支离破碎的梦境。

她听到后座传来老宋和大疍儿的声音,两人似乎在讨论着头天晚上在西宁吃坏肚子的事。顾夕扭头,瞄了一眼驾驶座上正在专心开车的顾北。她的大脑慢慢清醒过来,眼前的一切终于变成了某种可以被理解的事实——三天前,顾夕的丈夫周扬失踪了。而他们这一车人,是来这片戈壁寻找周扬的。

在无人区寻人,听起来似乎很讽刺。但她必须走这一趟。

3月27号是周二,顾夕早上醒来就发现周扬不见了。她拨打周扬的电话,无人接听。

清晨6点45分,顾夕照常坐上去大兴校区的校车,当天她一共要给大二和大三的学生上八堂选修课。可直到她下班回家之后,周扬也一直没有出现。

3月28号早上,顾夕依旧联系不上周扬。这很反常,因为自打两人认识以来,周扬从来没有这么长时间不告而别过。

顾夕和弟弟顾北起了争执,打算在周扬失联满24小时后就去派出所报案,顾北却觉得她小题大做。

"你俩是不是吵架了?"顾北在电话里试探着问。

"没有。"顾夕挂了电话。

他们没有吵架,他们只是不再主动和对方说话。结婚几年来,两个人的沟通越来越少。这几年，顾夕一直说想要个孩子，周扬却觉得还没有准备好。吵过，两个人都吵累了，不知不觉就不再吵了。相处是一种惯性，较真只会两败俱伤、筋疲力尽。

周扬的突然失联，打破了这种得过且过的相处模式。就像原本凑合着往前开的一艘小船，突然失掉了一支船桨。

周三上午，顾夕整个人都有些恍惚了。这天她正好没课，一早就出门去寻找。周扬是个程序员，交际简单。她去了周扬单位，也找了周扬可能会去的其他地方。

在观音庵胡同里，周扬的发小大趸儿守着一块挨着自家院墙、拿大芯板搭出来的两平方米左右的铺子，这里只够容下一个玻璃展示柜和他那两百来斤的身躯。展示柜里是一些手机零件和摄像器材。

顾夕和大趸儿说明来意，大趸儿拿钥匙锁了玻璃柜，从柜子和墙之间的缝儿艰难地挤了出来，领着她去了几个地方——她原本从不关心也不曾知晓的那些地方——还是没有周扬的身影。

她的心就这样起起伏伏，一会儿充满希望，一会儿跌落谷底——她找遍了大街小巷、犄角旮旯，就差把北京城翻个底儿朝天了——连半个影子都没找着。

这时顾北才告诉她，周扬其实是去了青海。

"姐夫没说去干吗，只说了如果有什么急事就让我联系他。"顾北解释说——周扬出发前专门叮嘱过顾北这个小舅子不得泄密。

顾夕觉得这解释说得通。七年前，她和周扬就是在青海旅行时认识的，之后两人的关系也水到渠成，很快谈婚论嫁。

顾夕没有想到，激情和好感会在日复一日的生活中飞速耗尽。但到底

是什么导致她和周扬的关系变成现在这样，她自己也说不清楚。

因为鸡毛蒜皮的琐碎吗？

似乎是，也似乎不是。

因为她想要孩子而周扬不想要吗？

似乎是，也似乎不是。

在这个"七年之痒"的节骨眼上，周扬突然不告而别，他可能是想去两人第一次见面的地方寻找什么，挽回什么；也可能是想去对过去的美好回忆做个告别，画上句号。

顾夕意识到，虽然这是两人第一次分开，但她从来没有了解过周扬的内心。七年的时光如白驹过隙，他们在日常生活中形影不离，心思却已经如同两颗浮尘，在人世间被风吹散。

她找不到周扬了。

早就找不到了。只是这一次，当周扬不告而别时，她才对这一点恍然大悟。

顾夕、顾北、大趸儿，轮番拨打周扬的手机。周扬的手机依旧是开通状态，没有关机，也没有"不在服务区"。只是不管是谁拨过去，听到的永远都是忙音。到了这天中午，大趸儿几番尝试，终于定位到了周扬手机的实时位置——柴达木盆地北麓。

顾北和大趸儿交换了一下眼色，大趸儿告诉顾夕，那个地方他们哥几个曾经去过。几年前，周扬的求婚视频就是在那附近拍的。

顾夕看着手机地图上那一团小小的红色气球，那就是周扬此时此刻的位置所在，一个叫冷湖的镇子。顾夕盯着看了一分钟，很快做出了决定，买了当天下午飞往西宁的机票。顾夕跟印刷学院的领导请了周四、周五两天假,又打了几个电话安排好了其他老师代课。

顾北担心姐姐,觉得这件事自己多多少少有点责任,所以也准备跟着去青海找姐夫。顾夕同意了,她简单地收拾了行李,驱车赶往首都机场。

到了首都机场T3航站楼,顾夕发现等着她的一共是三个人:顾北、大趸儿,还有顾北的女朋友老宋。老宋是个瘦瘦小小的女孩子,南方人,说话娇滴滴的。3月底的北京依然有些寒意,他们带着大包小包的羽绒服、洗漱用品和零食。大趸儿头上别着一个发卡,仔细一看,是头戴式摄像头,他正拿着手机在操作控制摄像头的APP。

顾夕问:"你们这是去度假还是去找人?"

顾北连忙立正站好,大趸儿也收起手机,两人异口同声地赔着笑脸应道:"找人,找人,姐。"

当晚,一行四人抵达西宁曹家堡机场。他们匆匆吃了点酿皮和血肠填肚子。听说德令哈不好租车,顾夕就在西宁当地租了辆越野吉普,连夜开着往海西去。

不知是28号夜里几点——或者更准确地说是29号凌晨某个时间——吉普车突然一个急刹车,停在了空无一人的老315国道上。坐在副驾上的大趸儿和后座上的顾北、老宋都惊醒过来。只见顾夕大口大口地喘着气,抓在方向盘上的手微微颤抖。

"怎么了,姐?"大趸儿睡眼惺忪地问。

顾北没系安全带,整个人刚才猛地往前一滚,这会儿一边揉着撞得生疼的脸和胳膊一边说:"哎哟我去!"他旋即转身把手放在老宋腿上查看,老宋一把拿开他的手,表示没事。

顾夕打开车内灯,顾北、大趸儿他们这才发现,挡风玻璃上爬着几道

喷溅形的污迹,像浓血,又像鸟屎。

远远地,一束黄色的灯光映入吉普车后视镜,一辆十二轮的大货车从后面开来。等它经过吉普车,往前开去,再消失在黑夜中,顾夕才缓过劲儿来。

"我……好像撞着人了。"顾夕眼神直愣愣地说。

顾北打开车门,跳了下去,前后查看了一番。

"撞了鬼了吧?"顾北自言自语,"这路上没人啊。"

老宋在车上打趣:"顾北,你不是人?"

顾北笑着猫腰钻回开着暖气的车里,啪一声关上车门。顾夕扭过头来,平静地说:"我刚才,看到周扬了。"

另外三人不禁一愣。

"别介,姐!"大趸儿一撸袖子,露出胳膊,"你看我这鸡皮疙瘩都给你吓出来了。"

顾北二话不说,又拉开车门跳到公路上。他站在车外拍拍驾驶室的玻璃窗:"你歇会儿吧,高反加疲劳驾驶,都出幻觉了。我来开。"

顾夕和顾北换了位置,吉普车在黑沉沉的夜里继续前行。

四个人此时已经睡意全无,但都沉默着不说话。只有雨刮器规律的咯吱声和干燥寒冷的高原空气中汽车引擎吃力运转的嗡嗡声。

车前窗上来历不明的污迹被清理干净了,雨刮器却因为卡住了什么东西而停了下来。车里变得越发安静。

顾北靠路边停了车,走到车前查看,发现雨刮器与挡风玻璃的缝隙里似乎藏着什么东西。他伸出右手拇指和食指,想把那个东西给拈出来。老宋从包里掏出一张湿纸巾,摇下车窗递出去:"顾北,这血糊糊的你别拿手直接抓啊！"

顾北没有接湿纸巾，他已经徒手把那东西捏在手里，借着车头的灯光仔细端详起来。

坐在副驾上的大戛儿揉揉眼睛，等他看清顾北手上的东西，不禁说了一句："我去！"

那是一只长相丑陋、体态巨大的蛾子，通体棕黄色，有一大一小两对翅膀。大的那对翅膀上，各长一只"眼睛"。

顾北掏出手机拍了一张蛾子的照片。他把蛾子扔到路边，顺道走到车后小解。海拔接近三千米的高原公路上，氧气稀薄，冰刀似的夜风猎猎地吹着。尿液带走了不少热量，顾北打了一个哆嗦，赶紧又钻回了车里。

大戛儿突然想起了什么："对了，我好像拍到了刚才那玩意儿。"他指指头上的摄像头，"这摄像头一直开着，相当于行车记录仪。"

大戛儿打开手机，查看录像。看完之后，他把手机递给顾夕。

确实是一群夜间飞蛾。

它们突然成群结队地从黑暗中冲向吉普车，像深海中翩然游动的鱼群撞向潜水艇。被车灯照亮的那一瞬间，飞蛾群以某种极为巧合的形态组成了一幅"图画"，恍惚间像是一张人脸。一瞬间之后它们就"噼里啪啦"地砸在了汽车挡风玻璃上，留下残缺不全的肢体和黏液。

● VDO 9

虚焦：看似某种残缺不全的肢体和黏液。

对焦：镜头在昏暗的阶梯教室里辨识出了讲台上的投影幕布。

那滩看起来恶心可怖的东西原来只是一幅画的局部。虽然投影效果不佳，但当幕布上的画显现出全貌时，仍能让人为之震撼。

那是文森特·凡·高的自画像。画中的画家割掉了自己的左耳，一如现实中那样。

顾夕站在投影光束外的暗影里，对学生们介绍说："1881年，28岁的凡·高开始了绘画创作；1890年，37岁的他开枪自杀。凡·高一生中只给绘画留了不到十年的时间，而在这十年当中，用来进行印象派绘画的时间仅仅四年。但这并不妨碍他成为一个天才的后印象派绘画大师。"

幕布上的画从《自画像》换成了《麦田群鸦》。

顾夕说："和他的自画像一样，这幅《麦田群鸦》也被认为是凡·高毕生杰作之一。它似乎是一个不祥的预言——画作完成后不到一个月，凡·高走进麦田，开枪自杀。枪声响起，惊起群鸦，与这幅画作形成了一种十分诡异的呼应。

"巧的是，以上画作都创作于凡·高生命的最后两年，也正是他生活在阳光明媚、色彩浓烈的法国南部，却同时饱受精神病困扰的时期。

"在凡·高的传记里提到，在他开枪自杀前的18个月里，他一直承受着身体和精神上的折磨：胃痛、便秘、幻觉、精神恍惚，还有莫名其妙的气愤和迷惘。"

幕布上的画从《麦田群鸦》换成了《星空》。

从学生的反应来看他们最熟悉的是这一幅画。

顾夕点点头，继续说："大家对这幅《星空》应该并不陌生。然而很少有人知道，这幅画的诞生，与凡·高的疾病有着密切的关系。

"换句话说，如果凡·高没有病，那么他可能就创作不出《星空》。这是人类的幸运、凡·高的不幸。

"按照凡·高生前曾经护理过他的一位精神病院护工的说法，凡·高在绘画时经常出现癫痫发作的症状。其实这不是什么疑难杂症。然而正是'癫痫画家'的身份,让凡·高成了绘画史上无可取代、独一无二的一位画家。谁能告诉我,你从这幅画中能够看出来什么?"

学生们窃窃私语。

顾夕问:"当你们盯着它看时,是不是感觉到星空中的漩涡在转动,星星在闪烁?"

学生们开始大声讨论起来,教室里像飞舞着一群马蜂一样嗡嗡作响。

幕布上的画面切换了一下,依旧是《星空》,但加上了若干条辅助曲线。

顾夕说:"这是进行过数字化处理的《星空》,这些白色的辅助线清晰地标出了流体力学中的'紊流'。也就是说,在凡·高的画作中,他有意识地——谁知道呢,或许其实是无意识地——采用了一种非常精准的漩涡状笔触和能够'欺骗'大脑视觉皮质的强弱色彩,使他的《星空》在画布上转动起来。

"在本学期第一课讲色彩关系时我们已经讲过,不知道你们还记得多少。我们的视觉皮层中有两条处理信息的线路,一条用于判断光影的运动轨迹,但是呢,它对颜色不予判断;另一条用于分析光线的颜色,但是呢,它无法混合色度不一样的光影。当你们去看那些印象派大师的作品,你的大脑就在同时处理这两条线路传回的信息,结果就是,在你看来,那些画作就好像动了起来。

"在凡·高生命中那些最后的日子里,在他癫痫不时发作、饱受精神疾病折磨的日子里,他创作了很多这样谜一般的作品。"

悦耳的下课铃声响起。

"今天就到这里吧。下课。"顾夕关掉了投影,阶梯教室里的日光灯管依次亮了起来。

学生们稀里哗啦地收拾书本,离开教室。

镜头抬升,移动,走下阶梯,走向讲台。

顾夕发现了镜头,露出意外的神色,笑着问:"哎,你怎么来了,周扬?今天不上班啊?"

画外音:"来看看我媳妇儿上课呗。讲得太好了!"

顾夕露出不好意思的神情,抬眼扫过几个从自己跟前经过的学生。

周扬画外音:"你们搞美术的,是不是看什么画都能看出大道理啊?"

顾夕已经收拾好了讲义,她把手里的文件夹一挥,扇向镜头:"得了吧,少埋汰我了。走,我请你吃食堂去。"

录像结束。

顾北拍拍顾夕:"都是错觉,你就是神经太紧张了。"

大疙儿在一旁附和道:"这咋看咋不像人脸啊。姐啊,你们搞美术的就是……怎么说来着,看啥都能看出名堂……"

"那不是美术,那叫艺术。"老宋取笑大疙儿。

吉普车继续在空无一人的国道上行驶。然而,车里的气氛并没有因为"真相大白"而轻松多少,反而给四个人的心里蒙上了一层不祥的预兆。

开了大约100公里之后,在顾夕的坚持下,顾北将车停在国道边上的一家招待所门前。

"大家先住下来休息几个钟头。"顾夕说,"夜里开车不安全。"

招待所老板睡在前台后面的一个值班室里。深夜被叫醒,他明显有些不快。顾北给老板递了一支甘肃白沙，要了三间房。老板自己掏出打火机点了烟，脸色也和气起来。

201房：大跑儿一进房间，倒床就睡，不久便鼾声如雷。

202房：老宋想洗澡，但看了看简陋的卫生间，只得作罢。她见顾北靠在床头玩手机，便骑到顾北身上，逗起顾北来。顾北笑道："你不怕高原反应啊，大姐？""我不怕，你怕啦？""我也不怕。"说着顾北翻身把老宋压在了身下。床单上，一只蜷曲的虫子苏醒了，它慢慢爬向不知是谁的赤裸脚踝。无声无息地，它头顶的吸盘朝着人类的皮肤吸了上去。

203房："啪"的一声，顾夕拍得一手是血。她原本正坐在床沿上拿手机查看那种蛾子。原来它的学名是"蝙蝠蛾"，此地常见。蝙蝠蛾的卵被真菌寄生之后，就成了青海有名的"冬虫夏草"。这种蛾子有背光性。顾夕盯着手机上的"背光性"这三个字，百思不得其解，为什么它们要成群结队冲向亮着强光的吉普车？突然她觉得后脖子一阵痒，伸手往脖子上一拍，从衣领下抟出来一只血肉模糊的小虫子，大约是跳蚤之类。她从床上猛地站起来，把被子一掀，只见床单上还趴着几只别的虫子，有的蜷曲成一团，有的翻着肚皮，不知是死是活。

顾夕拿手扫开那些虫子，理了理床单，眼角瞥见刚才在手机上查找出来的蝙蝠蛾照片。飞蛾扑火，覆水难收。她觉得自己也像这蛾子，明明已经和周扬渐行渐远，却又非得来到青海寻找周扬……

而周扬呢，他到底为什么突然不辞而别？

她就这样胡思乱想着，和衣而卧，一夜无眠。

清晨上路时依旧是顾北开车。顾夕一夜之间仿佛老了几岁。她的心里被一个个巨大的疑问塞满了，而现在，越接近目的地，这些疑问越是沉

重、不祥，如鲠在喉。

坐在副驾上的顾夕没多久便昏昏沉沉地睡着了。睡梦里，周扬还是刚刚相识时的样子。

等顾夕再次醒来时，已经是3月29号傍晚了。

"还有多远？"顾夕在副驾上坐直了身子，探身去看导航仪。

导航仪屏幕上，代表着吉普车的绿色圆点，正朝代表着周扬的红色热气球一点点接近。

距离目的地还有12.4公里。

顾夕脑子里一片空白。

见到周扬，和他说些什么呢？

即使每天都能见面，他们之间也无话可说。

在这次短暂的分别之后，她更加不知道和他说些什么了。问他为什么不告而别？他会像从前那样沉默以对吗？

顾夕突然觉得一切都不重要了。她不需要和周扬说什么。她只是想找到他。

仅此而已。

本来久久悬垂在地平线上的夕阳，在这最后的12.4公里路途中，终于沉入远方的黄沙之中。天再次黑了下来。

顾北打开车头大灯。吉普车像一把利刃，割开沉沉夜幕下昏暗的道路。这个世界并不允许真空存在，潮水般的黑暗很快又在他们身后合拢了。

路的尽头出现了一个镇子。

冷湖就要到了。

顾夕扫了一眼手机上的提示，距离目标还有不到一公里。

她望着那片影影绰绰的灯光出神,不知道哪一扇亮光的窗户里,是她要找的人。

● VDO 10

一个男人在大声说着:"蓦然回首,那人却在,灯火阑珊处。"

白色和蓝色的光斑由模糊到清晰。

镜头对准台上的婚庆司仪。他继续说着:"下面有请新郎周扬先生。周扬先生为我们美丽的新娘准备了一首歌。"

几个简单的和弦响起,镜头来回寻找了一番,对准了话筒架前弹着吉他的新郎。新郎唱的是郭顶的《想着你》,现场有些嘈杂。

顾北画外音:"哟,我姐夫还会唱歌。"

新郎拨着琴弦,开口唱道:"就这样轻易,因为你,我也能试着,写一首歌给你听,是关于你。"

人们安静下来。他放下吉他,取下话筒,一边轻声唱着,一边沿着挂满蓝白气球的道路走向一个巨大的白色圆球。

"没什么准备,一张琴,合着这声音,我只是想告诉你……"

聚光灯打在新郎和白色圆球上。

"我爱着你。"

白色圆球变戏法似的突然破开,白色绸缎徐徐落下,里面站着新娘。

两人对视一眼,新娘没忍住,哭了起来。

宾客们鼓起掌来。

新郎单膝跪地,抬头看着新娘。

新郎问:"顾夕同学,今儿嫁给我,你高兴吗?"

新娘接过话筒,还不等她回答,新郎突然就栽倒在地。新娘目瞪口呆

地看着躺倒在自己裙边、浑身抽搐的新郎。

不久大家都反应过来，这不是彩排过的剧情，而是突发情况。

几个离得近的人上去帮忙。

其中有大疤儿的身影。大疤儿朝向镜头，招手道："顾北，来来来，搭把手！"

录像结束。

吉普车驶入冷湖镇。整个镇子只有两条长街，交会于镇中心。

大疤儿摁开头上的摄像头，和老宋一左一右，把脸贴在车窗上，望着沿途经过的那些建筑。黑黢黢的夜幕下，这些黑黢黢的房子高高低低地耸立在黑黢黢的街道两侧，偶有一些亮灯的窗户点缀其间，越发让人看不真切。路边树的黑影在夜风中依次向后退去。

镇上最亮的光，来自一家叫"国友"的招待所。

导航仪提示那就是目的地。

车刚一停好，顾夕就打开车门跳了下去。但她并没有马上走进招待所大门，而是倚靠在车门上，低着头发了一会儿呆。

暴露在夜风里不多一会儿，人就会冻得难受死了。古人形容大西北是苍茫云海，长风万里。诗里的远方总是很美好，现实却骨感。

顾北、老宋和大疤儿已经各自背着行李，疾走进了招待所。

顾夕缓缓吐出一口白气，朝着亮灯处走去，轻轻推开了门。

● VDO 11

虚掩的门被推开。

沙发上，顾夕正抱着膝盖哭得稀里哗啦，婚纱还没来得及脱。

男声画外音："哦，怎么回事呀这是？"

镜头推进，仰视着顾夕哭花了脸。

男声画外音："谁欺负我媳妇儿啦？"

顾夕抽搭着说："我怎么……怎么之前就……没听你说过癫痫的事儿啊？"

男声画外音："你不是说那个画画的谁，那癫痫画家，是全人类的幸运吗？怎么到我这儿了，你就不乐意了？"

"周扬，癫痫是不能生育后代的你知道吗？你知道问题的严重性吗！"

男声画外音："我这又不是遗传，不怕，媳妇儿。咱遵医嘱，啊？"

顾夕嗔怪道："我就是医生！"

男声画外音："对对对，顾医生！"

"别这样叫我，那是我爸！"

男声画外音："好好好，那，小顾老师，您今儿结婚，辛苦了。肚子饿不饿？想吃啥？"

顾夕不哭了，用浓浓的鼻音说："番茄煎蛋面。"

男声画外音："得嘞，这就煮去。"

录像结束。

这段录像不知道为什么，有些损毁，全程都充斥着噪点干扰和间歇黑屏。

走进招待所，一股夹着油珠子的热浪扑面而来。原来这里一楼还兼小饭馆儿，墙边坐了一桌，一男一女。两人互相敬着酒，脸红扑扑的，也不知道是酒劲上头，还是生来就是这样的高原红。

老板娘热情地问四人吃没吃晚饭，听口音是重庆人。不过墙上大字

写着的几个菜天南海北，什么都有：炕锅羊肉、大盘鸡、拉面、干面、馄饨。

照例是顾北张罗着点菜。四个人在中间一张桌子落座。

菜上得比想象的快，待上到热腾腾的炕锅羊肉，老板娘满面笑容地问："来点啥子酒？"

顾北答："开车呢，不敢喝。"

老板娘讪笑了一声，但马上又恢复了热情和蔼的神色。

顾北顺势问："跟您打听个人成吗？周扬，瘦高个儿，三十来岁。"

听到"周扬"两个字，顾夕突然一怔，拿筷子的手停住了。老宋和大趸儿也对视了一眼，没想到顾北就这么直截了当地问了出来。

这时靠墙那桌的男人放下酒杯，向着老板娘说："年轻啊，太年轻了。"

老板娘扫了一眼四人凝重怪异的神色，似乎斟酌了一番，说："你们是头一回来冷湖找人的吧？"

这问题问得没头没脑，又似乎切中要害，顾北和大趸儿都连连点头。

"今天太晚了，"老板娘说，"明天早上再去嘛，反正从这儿过去也没多远。"

"从这儿去哪儿？"顾北丈二和尚摸不着头脑。

"四号公墓啊。你们是错峰出行来冷湖的吧？"

"公墓？"

"过几天清明了，每年清明小长假，内地人来得多，都是来冷湖石油公墓的。年年有生客，像你们这样的，来找几十年前埋在这边的长辈。"

顾北正诧异，邻桌的那个男人却打开了话匣子，和他攀谈起来。男人告诉他,自己父辈曾在镇上的卫生院当会计,如今他子承父业,干了几十年卫生院的会计,也到了退休的年纪。他父亲是1958年来的,对冷湖当时盛极一时的繁华景象记忆犹新。

"我父亲刚来没两个月,1219钻井队就在地中四井钻到了油。原油连喷了三天三夜,当时还死了几个人。活着的几个,后头也出了怪事。"

说到这里,他止住话头,呷了一口酒。

"什么怪事?"老宋好奇地问。

"这个啊,你们去翻县志……"男人不紧不慢地说,"是翻不到的,只有亲眼见过的人呐,才晓得。"

他见几个人都认真支棱着耳朵,又呷了一口酒,微醺地说道:"1958年9月13号,1219队在地中四井打眼子,突然打到油龙了。你们没见识过,油龙就是黑色原油,'嘶啦'一下从井里蹿上来。那龙是周身带了气的,普通人怎么近得它身旁。第一次冲上去的六个人还没走近就被冲倒了;第二次上了十二个人,但是井口按不住;第三次上了二十五个人,六个人负责对扣井盖,剩下十九个拿身体硬压上去,这才盖上了。"

"张老师,你是不是喝醉了?"坐男人对面的女人问他。

男人摆摆手:"醉没醉,我晓得。我父亲当时在卫生院,井喷的事当场就死了人。这个是县志写的,我没有乱说。但是后头发生的事,就是他亲眼见的了。井喷过了两月,卫生院突然接了二十来个急诊,是在井上干活的工人,不晓得因为啥子,浑身抽起来了。重的倒地上吐沫子;轻的喊脑壳痛,心烦想喝水。当然,这个事情没有死人,也就没有上报,哪里都没写。那天的天气很异常,我父亲说,当天从冷湖东北方向传来几下闪光,接着响了一串旱天雷。听说同一天,青海湖也发生了龙吸水的怪事。

这些都不算离奇,最最离奇的是,这二十来个工人有一个共同点:他们虽然是从各个队送来卫生院的,但刚好都是9月13号那天去地中四井帮过忙的,冲在最前头的那一批。"

"这故事有意思。不过您误会了。"顾北说,"我们找的周扬,是一大活人。"

"我还以为你们是来扫墓的。"老板娘终于插得进话了,她爽快地说,"叫周扬的,没有。瘦高个儿,三十来岁,这两天倒是来了一个。"

男人见他们聊上了,便往嘴里扔了一粒油酥花生米,又和女人互相敬起酒来。

"他住几号房?"顾北连忙问。

"走啦。"

"走啦?"

"27号来的,住了两晚,今早退房了。"

顾夕心里咯噔一下。

她进一尺,真相就退开一丈。然而连顾夕自己都没想到的是,此时此刻她心里反倒是松了口气。她和自己所追逐的真相之间,似乎形成了某种心照不宣的默契。

"他是你朋友?"老板娘好奇地问顾北,"怪头怪脑的,昨天晚上,哦不,今天早上,他从外头回来喊醒我退房……"老板娘说着,从腰间挂的钥匙串上找出一把"103"号钥匙,噘了噘嘴:"喏!那阵天都没亮,我看他穿得像杨利伟一样,差点还当是我没睡醒。"

四人面面相觑,更加确定周扬曾经到过这里。他住了两晚,然后离开了。离开时,穿着几年前在戈壁上向顾夕求婚时穿的那套宇航服。

那一次陪他来青海的，是顾北、老宋和大趸儿。到冷湖拍求婚视频都是周扬的主意，因为他和顾夕就是在戈壁上相识的。为这个，顾北还特意找一个常年跟剧组的朋友借了一套宇航服。

顾北负责开车，大趸儿负责操作无人机。仨人合起伙来骗顾夕说是出差。老宋那时是周扬单位的新人，跟着出来玩，很放得开。戈壁之行结束，回到北京之后，顾北女朋友就变成了前女友，老宋成了他的女朋友。

从老板娘的描述来看，一切都吻合了。

真相似乎呼之欲出。

现在唯一的问题是，周扬离开冷湖，又去了哪里？

顾夕面对眼前的情形，脑子飞快地运转着，猜测着周扬来青海的动机。

千头万绪。

同一屋檐下的夫妻，是什么时候，不知不觉成了亦敌亦友的两个人？她偶尔暴怒，他时常沉默。平静时相互依偎，可平静中总要生起波澜。就连周扬这次毫无征兆的离家出走，她也对他背后的动机一无所知。

七年。还没来得及了解一个人，就已经对望两相厌。

顾夕有时觉得，生活在这样的关系里，好似慢性自杀，连呼吸都艰难。更多的时候又觉得，世上只是多了一对不快乐的夫妻而已，地球照样转动，太阳每天都是新的，活着就没必要矫情，没什么过不去的坎。

就在顾夕踟蹰于"不快乐"的这一分钟里，她身体里的一亿个细胞死亡了，同时又有一亿个细胞诞生。

它们甚至都来不及思考快乐不快乐这个无聊的问题。

七年。周扬就是这样一分钟、一分钟、又一分钟地变成现在的样子的吧。枕边人的改变就如涓涓细流，不舍昼夜。顾夕和周扬每天形影不离，其实却每分每秒都在相互远离。

一开始，是一个全身上下、从头到脚、每一个细胞都百分之百爱着顾夕的周扬。

每过5天，他的肠道表皮细胞就更新一次。

每过7天，他的胃壁细胞就更新一次。

每过10天，他的味蕾细胞就更新一次。

是什么时候开始，他不再夸赞她的厨艺，不再津津有味地吃她做的菜？他们有多久没有坐下来，好好吃个饭了？

每过28天，他的皮肤细胞就更新一次。

从第几次肌肤之亲开始，他变得推脱冷淡了？

每过120天，他的红细胞就更新一次。

每过180天，他的肝脏细胞就更新一次。

就连骨细胞和心脏细胞，都会每隔若干年就更新一次。

从哪一次争吵之后，他开始变得口是心非、心不在焉？

一个成年人身体里的细胞总数是几十万亿个。只消一年时间，人体绝大部分的细胞都会被更新一次。

女人倒是个例外，女人身体里有一种细胞是永远不会更新的，那就是卵细胞。这就是男人和女人的区别吧。当男人从头到脚都变了，女人身体里却还是有始终如一的地方。

七年。七年前认识的那个周扬，他身上的绝大部分细胞都已经被更新了。而她现在寻找的这个周扬，还是七年前那个周扬吗？顾夕心里有个声音告诉自己：不，不是了。

可是这个周扬如果不是那个周扬，又是谁呢？

"你们咋找到这儿的？"

老板娘的声音把顾夕从纷乱的思绪中拉回了现实。

她此时此刻在这里，在中国西北一个鸟不拉屎的高原小镇上，试图从险象环生的戈壁和黄沙中大海捞针一般找到一个故意离家出走的人，解决自己那更险象环生的婚姻问题。

"你们咋找到这儿的？"老板娘又笑吟吟地问了一遍。

大趸儿答："追踪手机定位。"

"哦，对了，今天上午打扫房间时捡到了个……老赵！老赵！"老板娘话说了半截，一拍双手，转身往厨房方向喊。

"啥吗？"厨房传来一个惊雷般的声音。

"你捡的那个，放哪儿了？人家找上门来了。"

一个圆脸的汉子从厨房的小门钻了过来，伸手在裤兜里掏了一阵，递给老板娘一部手机，又嘟嘟囔囔地从小门钻回了厨房。

老板娘把手机"啪"的一声拍到顾北手里："解锁。"

顾北一头雾水。

老板娘说："那人在我这儿住了两天，登记的名字叫王子轩。但除了他没别人是三十来岁，瘦高个儿了。你要能解开锁，就证明他是你们找的人，这手机就还给你们。我也做成一桩拾金不昧、物归原主的美事。"

顾夕突然扑哧一声笑了出来，扭头看了一眼大趸儿。

老宋问："姐，你笑什么啊？"

大迋儿老老实实地答："我就叫王子轩。"

老宋也扑哧笑了出来："认识你这么多年，还以为你身份证上的名字叫大迋儿呢。"

顾北问顾夕："你知道姐夫手机的密码吗？"

顾夕摇摇头。

顾北为难地把手机递给顾夕："那你试试几个可能的组合？"

"这……试错了手机会被锁上的吧。"老宋说，"万一锁个一百年，那姐夫不就成千古之谜了吗？"

顾北瞪了老宋一眼，老宋不甘示弱地给瞪了回去："顾北，你的手机密码没换吧？拿过来我看看！"

顾北一下子蔫菜了："还是关心关心眼前这手机怎么打开吧。"

老宋不依不饶："现在最棘手的问题，就是姐不知道姐夫的手机密码。所以你赶紧的！手机拿来！"

俩人磨嘴皮子的这当儿，大迋儿说："要不，咱们明天找地儿刷个机？"

顾夕摇摇头："刷机会丢失手机里存储的照片和视频，那是我们找到周扬的线索。"

她思忖一番，从顾北手中拿过了手机。

手机刚到她手上，屏幕就亮了。

"耶，高级货！摸一把就解锁了。"老板娘弯下腰看了一眼，"我这人说到做到，手机归你们了。"

她转身钻过通往厨房的小门，把刚才发生的事告诉老赵去了。

顾夕低下头，在手机屏幕上划拉着，查看"照片"。

顾北、老宋和大夏儿立刻把头凑了过去。

整个手机里，只存了一张照片。

那是夜空中璀璨的银河。

● VDO 12

镜头调试。

夜空中的银河逆时针旋转起来，一颗颗星划出一条条线。

镜头重新对焦完毕。

原来是一张脑部核磁共振的成像图。

一位医生模样的老者拿圆珠笔在成像图上挥了个圈，摇摇头说："没有发现器质性病变，暂时确定不了痫灶的位置，还得再做进一步检查。"

镜头上下晃动，表示点头。

"爸，那这是遗传病吗？"

镜头顺着声音找到一张忧心忡忡的脸，是顾夕。

"不排除。"顾父说，"癫痫的成因很多，包括遗传、病毒，甚至是光敏刺激。"

顾夕问："那对健康有影响吗？怎么治啊？"她旋即抬头看着镜头，伸出手来说："哎！周扬你别拍了！"

录像结束。

这段录像同样有些损毁，全程都充斥着噪点干扰和间歇黑屏。

顾夕问顾北要了一根烟，走出"国友"招待所的大门。

即使裹着厚厚的羽绒服，她还是感觉被夜风洞穿了身体。尤其两胯间那种凉意，仿佛自己重获新生，光着屁股降生于冰天雪地间。

顾夕深深吸了一口烟，烟头的火星在干冷的空气里无声地闪烁着。

她吐出一口白烟。

烟雾变幻着形状，朝着她头顶的星空飘去。

顾夕抬头，不经意间就看到了苍穹如瀑、星辰如钻。

七年前，她和周扬就是在这样的星空下相识的。

太奢侈了。

顾夕心里冒出一个声音。

她轻轻笑了一下，不明白自己是在说什么太奢侈了。

是这样纯净璀璨的夜空奢侈，还是人生中愿得一人心是奢望。

招待所的门在她身后"吱呀"打开，一道温暖的黄色光柱照着顾夕的背影，在她身前投下斜斜的剪影。门很快又关上了，黄色的光柱和地上的影子也随之消失不见。

顾北走到顾夕身旁，搓了搓手。

"进去吧。"顾北说。

顾夕点点头。

她跟在顾北身后往回走，突然扭头看了看夜空，问："你说，今天的我和昨天的周扬是不是看过了同一片星空？"

顾北转过身来，若有所思地问："你说什么？"

"没什么。"

"你说，星空……"顾北突然有些激动，转身一把推开门，朝屋里的人喊，"我有办法了！找到周扬的线索！我想到了！"

顾夕跟在顾北身后一路小跑进了招待所。四个人重新在饭桌前坐下。

顾北让顾夕把周扬的手机重新解锁，打开了那张星空图。他拿右手食指和拇指不停地在屏幕上划拉着，星空图被不断放大。

顾北举起手机,指着屏幕问另外三人:"你们看出来了吗?"

"看出来什么啊?"老宋问,"顾北你快说吧,别卖关子了。"

"大趸儿,你能查到这张星空图是在哪儿拍的吗?"顾北扭头问大趸儿。

"我试试。"大趸儿说着,掏出手机忙活起来。

"啧啧啧!行啊大趸儿,黑客啊!"老宋在一旁拿手支着下巴说,"顾北,到底怎么回事?"

"这张星空照片,应该是在青海拍的,但不一定是在冷湖。"顾北说,"因为就照片的清晰度来说,不是拿手机直接对着暗夜拍摄,而是连接了别的天文观测设备——你们看,像这颗星,比北斗七星的第七星还亮,普通手机是拍不下来的。"

顾夕听了恍然大悟:"如果你的猜测没错的话,周扬应该是昨天晚上,在一个距离冷湖几小时车程、具备天文观星设备的地方拍了这张照片。"

"比对了一下3月28号夜间各地天文观测站对外公布的星空图,这张照片的拍摄地点应该是紫金山天文台青海站。"大趸儿的手机上也显示出了结果。

四个人互相看了看。

半晌,大趸儿试探着说:"在德令哈的野马滩,离这儿五小时车程。那里有架中科院的微波射电望远镜,还寄放了国家天文台的三架光学望远镜和中科大的一架七百毫米望远镜。"

"你们太厉害了吧,竟然这都蒙对了!"老宋说,"可是,这也不能说明姐夫现在还在那什么……紫金山天文台青海站啊?"

说完，她和顾北、大迟儿一齐狐疑地看向顾夕。

"不，他还在那儿。"顾夕笃定地说，"就算他不在那儿了，他也一定留下了线索在那儿。"

●VDO 13

打开的置物架上，治疗癫痫的药物瓶子一字排开。瓶子都是统一的黄色，瓶身贴着白色标签，不同的是标签上的字，"开浦兰""苯巴比妥片"之类。

顾夕的画外音："我藏好啦！"

周扬拖得长长的画外音："好的！"

一只手取下两个药瓶，单手拧开，把药片倒进嘴里。

同样这只手，把药瓶放回置物架上，关上柜门。门上是一面镜子，但一张贴着的照片挡住了镜中的面孔。

照片上是玻璃花瓶和一幅挂在墙上的画。凡·高的《星空》。

一只手从镜面上扯下照片。

剪切点。

一只手上举着刚才那张照片，摆出和屋内真实的摆设一模一样的角度。

镜头四处转动一圈，显示此刻观察者所站的位置是书房的台灯旁。

一只手在台灯的灯罩里摸索，找到第二张照片。

照片上是一盆绿植。

剪切点。

一只手举着那张绿植照片，摆出和屋内真实的摆设一模一样的角度。

镜头四处转动一圈，显示此刻观察者所站的位置是客厅的沙发上。

一只手在沙发的缝隙里摸索，找到第三张照片。

照片上是一片灰白色，只在角落里有一块青灰色的印渍晕染开，形状像只小狗。

剪切点。

一只手拉开厨房岛台下方的柜门。柜门内侧是灰白色的，左下角有一块青灰色的印渍晕染开，形状像只小狗。

顾夕弯着腰，抱着膝坐在里面。

她抬起头说："周扬你怎么这么慢啊？我都快闷死在这儿了你知道吗？"

男声画外音："谁让你藏得这么难找？我媳妇儿英明神武，连橱柜门板都能拿来当线索。"

一只手伸向顾夕，把蜷缩成一团的她从橱柜里拉了出来。

顾夕开心地大笑。镜头定格。

录像结束。

这段录像的损毁程度比之前两段更为严重，全程都充斥着噪点干扰和间歇黑屏，同时闪烁着不明曲线。

像昨晚一样，他们要了三间房，各自拿了钥匙。因为约定好3月30号一早七点启程前往德令哈，所以大家都早早进房间休息了。

连日来的奔波让顾夕疲惫不堪，她也顾不得招待所条件简陋，一进房间就拧开了浴室里的热水开关，准备好好冲个热水澡。

这时，房门被敲响了。

顾夕走到门口，拉开房门。

门外没有人。

她左右看看，楼道两侧也空空荡荡的，只有昏暗的灯光照着地上褪色的廉价地毯。

也许是听错了？

顾夕想着，退回了房间。这时她突然瞥见房门上趴着一只巨大的黄棕色蛾子。

顾夕吓了一跳。这只蛾子就趴在房号"103"的标牌下方，和她之前开车撞到的那种蝙蝠蛾一模一样——展开的巨大翅膀上各有一只"眼睛"，仿佛在盯着她看，吓得她赶紧"砰"的一下把房门关上了。

顾夕从背包里拿出换洗衣服，走进浴室。氤氲的热气已经在这狭小的空间里弥漫开来。

她再次怔住了。

在浴室的一面椭圆形镜子上，是一个手写的词：

bye

这是四五线小城镇旅馆里常见的那种普通镜子，镜面上密密麻麻布满热水蒸腾起来的水蒸气。"bye"这个词，看起来像是曾经有人用手指在镜面上一笔一画反复写下的。

顾夕伸手去触碰那行字迹。隔着玻璃，她的手指和镜中的手指，却永远无法贴在一起。

为什么字迹看起来那么眼熟？

会是周扬昨晚留给她的留言吗？

顾夕脱掉衣服，走到淋浴喷头下。热水顺着她的脸往下淌。

她伸出双手，捂住眼睛，无声地哭了出来。

她心里清楚，那就是周扬的字迹。不仅是周扬的字迹，连说话风格都是周扬的。他有个习惯，写"终止"命令时，不用"quit"也不用"exit"，而是用"bye"。这是作为程序员的周扬特有的表达方式。

无论周扬是真的在和她告别，还是警告她停止寻找，这个"bye"都像一个欲盖弥彰的封印，阻挡在她和他之间。

如果说之前她还曾经对要不要去德令哈有一丝犹豫，现在她已经下定了决心。

不找到周扬，她是不会停手的。

这一夜，顾夕做了一个梦：

蝙蝠蛾把卵产在泥土里，

卵慢慢长成如蚕般的幼虫，

一种真菌侵入幼虫体内，

菌丝一点一点充满了幼虫的身体——

在来年雪化之前，细长的子座便从那已经僵死的幼虫头顶钻出地面。

DAY 2　3月30日

1988年的一个雨夜，24岁的海子孤身前往西藏，途经荒漠之城德令哈。在草原的尽头他两手空空，却写下了诗句："姐姐，今夜我不关心人类，我只想你。"

人们对1988年保有各种各样的记忆。海子的诗句是其中之一。

1988年其实还发生了很多其他事情。人们总是善于记住那些小事，比如那部韩国很火的电视剧，充满回忆的虚构故事《请回答，1988》，却鲜有人能记得那些宏大的事实，比如这一年，地球和火星相距5880万公里。在那之后，又过了15年，直到2003年它们才再次向对方靠近。这一次，两者相距5576万公里，是6万年来离得最近的一次。

在写下《姐姐，今夜我在德令哈》数月后的1989年3月26日，海子卧轨自杀。

人们说诗人是心碎而死的，德令哈那个雨夜是他忧伤的证明。

此刻，顾夕正驾着车，行驶在通往德令哈的省道上。后视镜里，"弘扬柴达木石油精神，奉献千万吨发展作业"的巨幅路牌渐渐远去。

诗意和现实，并存在这片望不到尽头的广袤戈壁之中。

● VDO 14

录像的画质有些年头，身着浅蓝色西装的女播音员在介绍发生在邻国日本的一则新闻。

画面上，一名儿童全身颤抖，口吐白沫，躺在病床上。几名白大褂把病床从救护车上抬下来，推入医院急救室。

女主播用八九十年代特有的播音腔说道："数月前，由任天堂公司出品的儿童动画片《口袋妖怪》第38集《电脑战士3D龙》在日本播放，引发观众集体癫痫发作。当晚有近700名儿童因为观看了该动画片而受到强烈的闪光效果刺激，被送医就诊。日本动画片《皮卡丘》也遭到禁播。"

录像结束。

这就是被戏称为"任天堂癫痫"的光敏感性癫痫。顾夕怎么也想不到，她童年时代不经意间看过的一则新闻，若干年后竟然发生在了自己丈夫周扬的身上。

自从婚礼上的那次发作之后，周扬就需要用药物来控制他的光敏感性癫痫。他不再开车上下班，而是选择坐地铁。因为开车时，哪怕是透过梧桐树射进他眼里的阳光，也会和那些有着特定的闪光频率的人造灯光一样，成为引发癫痫的诱因。

阳光、灯光，甚至是楼宇外立面的反光，十面埋伏，步步为营。渐渐地，生活不再安全，每分每秒都充满了意想不到的危险。

语言困难，情感障碍，时间失真……每当癫痫发作，周扬整个人就会断片儿。他听不到任何声音，也看不见任何东西，只是朝着一个光明的深渊坠去。在那深不可测的底部，恐惧、愤怒、幻觉伸出千万只手来，紧紧抓住他的脚踝。

好在周扬的老丈人，顾夕和顾北的父亲顾老师，是个医生。他给周扬介绍了协和的癫痫专家，周扬却拒绝手术，选择了保守治疗，也就是每天吃药。

顾夕看在眼里，却无能为力。无论两人多么亲密，对于对方的痛苦，总是无法真正感同身受。

也许周扬这次不辞而别的原因没有那么复杂——也许他只是厌倦了危机四伏的城市生活，而不是厌倦了她。

至少在青海的这片戈壁上，道路笔直，黄沙漫地，他不再担心在众目睽睽之下，前一秒还是清醒的，下一秒就坠入不可控制的"深渊"。

顾夕一边开车，一边摇了摇头，否定了这个自欺欺人的想法。

跟癫痫无关吧。婚姻中的问题很复杂，归结在任何因素上，都只是替千疮百孔的两性关系找了个替罪羊而已。

事实是，她有她的轨迹，他呢，也有他的。

他们相遇时离得很近，但终归是要渐渐远离。

就像……地球和火星。

●VDO 15

一张靠玻璃幕墙的餐桌，对面坐着顾夕。

玻璃幕墙外，华灯初上，银河SOHO流光溢彩。

顾夕笑着，开心地说着什么。

服务生端上来一道菜，XO酱烩海鱼。

顾夕用刀切开鱼头与鱼身，把大块的鱼肉放进周扬的盘子里，又把鱼头放进自己的盘子里。

她一面拿叉子去拨弄自己盘子里的鱼头，一面看向窗外。

餐厅内的大红灯笼映照在玻璃上，显现出天上同时悬着三个红色巨星的奇观。

"看，周扬！"顾夕指着窗户上的幻景说，"火星！"

周扬画外音："我就是打那儿来的。"

顾夕"噗"的一声笑了："行——您啥时候回母星啊？地球太危险了，您看这顿饭得吃您半个月工资吧？"

"男人都来自火星，我们要回去了，你们这些留在地球上的女人怎么办？"

顾夕翻了一个白眼："我们女人就回金星呗。《男人来自火星，女人来自金星》，是不是有这么一本书？"

周扬画外音："好像是有这么一本胡说八道的书。对了，顾夕同学，麻烦你个事儿啊。"

顾夕边翘着兰花指弄鱼头,边毫无防备地问:"什么事儿,你说!"

周扬画外音:"我出四块五,你出四块五,咱俩一起投资一本结婚证,终身持有那种,你看怎么样?"

顾夕一愣,抬起头来看着周扬,突然爆发出一阵笑声。

餐厅里的其他客人都纷纷朝她看过来。

顾夕笑得上气不接下气:"周扬,没这么便宜的事儿啊!你得给我一个特别的求婚!特走心那种!"

周扬画外音:"我这半个月工资都豁出去了还不走心?"

顾夕还在止不住地哈哈大笑。画面定格。

录像结束。

收音机里传来断断续续的声音:"火星和地球每15年靠近一次,最远时相距大约4亿公里……当地球和火星运行到各自轨道的远端时,从地球到火星即使以光速飞行,大约需要22分钟;而今年两者在最近距离时,仅需要192秒,不到4分钟。"

顾夕听出这跟昨天是同一个广播节目,主持人话锋一转,开始和嘉宾聊起了冷湖地区的一座"火星营地"。她伸手扭动旋钮,换到了一个音乐电台。花儿唱起,一骑绝尘。

她轰了一脚油门,看着碧蓝如洗的天空下道路远方升腾的水汽,不禁想:如果没有人工铺设的道路,这条路上跑车的司机们大概真会发疯发狂,以为误入了荒凉的火星腹地。

朝西刚开出了50多公里,收音机里的声音从断断续续变成了毫无意义的杂音。

关掉收音机,又开了一两公里,吉普车突然先是发出"砰"一声爆炸

似的响声,接着是一阵刺耳的急刹车,然后就像个醉汉一样,一骨碌侧翻在了路边。

顾夕和顾北、老宋、大疍儿相互搀扶着从吉普车里爬出来。四个人都灰头土脸的。

老宋的左胳膊和右手虎口都挂彩了,鲜血直流。顾北拿出一件干净的衬衫给老宋包扎了一下,又用一条毛巾拴在她胳膊上止血。

顾夕检查了一下吉普车,只见右后侧的车胎已经完全瘪了。应该是急速行驶下的爆胎引起了侧翻。她突然感到一阵耳鸣和目眩,可能是翻车造成了脑震荡。她绕到车屁股后面去,吐了。

顾北摸出手机,发现这地方一格信号也没有。

顾夕、老宋和大疍儿也掏出各自的手机,没一个人的电话能打出去。

顾北说:"我记得刚才路过了一个基站,我往回走走,看看能不能打通电话。你们仨在这等会儿。"

顾北说完,往东走去。

顾夕叫住他,跑上去叮嘱了几句。

"在西宁租车的时候我检查过车胎,完全没有问题。"顾夕小声对顾北说,"这胎爆得有点儿奇怪,不排除是人为造成的。"

"你是觉得有人做了手脚?"顾北问。

顾夕点点头:"你注意安全。"

她没有向顾北解释太多,怕顾北担心——招待所浴室镜子上的字迹,还有昨夜那个关于蝙蝠蛾的栩栩如生的梦境。

顾北拍拍顾夕的肩:"知道了。帮我看着点儿老宋,别让她乱跑。"说完转身走了。

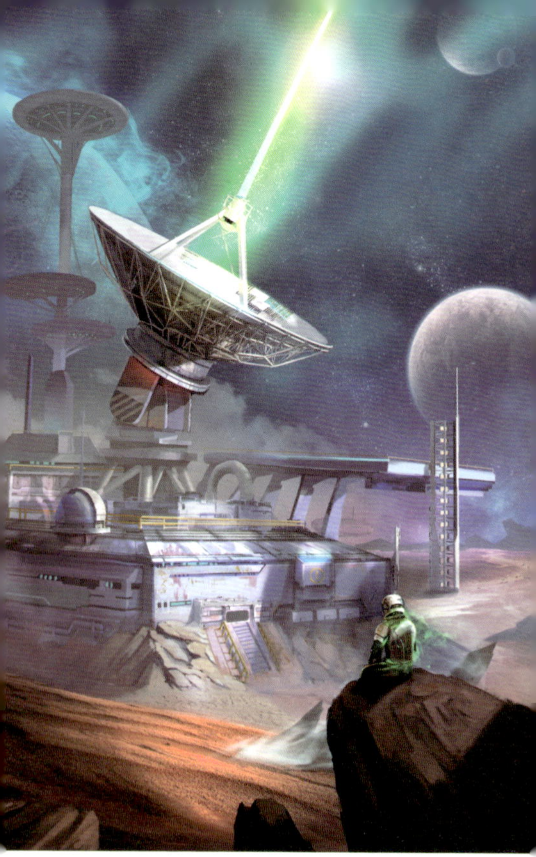

苹果落地，牛顿发现了万有引力，可苹果发现了什么？

程婧波

他的身影越来越小,越来越小,最后消失在地平线上,消失在正在升起的硕大的红色朝阳之下。

顾夕回到车边,尽力收起忧心忡忡的表情。找周扬是她的事儿,她不想再出什么岔子,怕连累了顾北、老宋和大疍儿。但这一路上发生的怪事越来越多,说不清,道不明。

她隐约预感到还会发生什么危险的事情。就像当你俯身去看一口散发着恶臭的井,你根本无法预料看到的到底会是一汪长满绿藻的水,还是一具尸体。

等在原地的老宋和大疍儿百无聊赖。大疍儿拿出头戴式摄像头,开始拍摄起车外的景象。

●VDO 16

呼呼的风声,鬼哭狼嚎一般。

镜头绕着吉普车环视一圈,笔直的省道把荒芜的戈壁从中间剖开,从南到北,从东到西,没有尽头。

即使是在白天,远远近近的土堆土堡,依然显得鬼影幢幢,阴森诡异。

录像结束。

●VDO 17

大疍儿画外音:"你男人怎么去了那么久?"

老宋:"这是高原!普通人走两步就喘,不然让你去?你去,天黑了都回不来。"

大疍儿画外音:"哟,真维护你们家老爷们儿。"

老宋一翻白眼:"那当然。"

录像结束。

●VDO 18

大趸儿画外音:"咦,那是什么?"

镜头放大,北边似乎有什么东西。

大趸儿画外音:"唉唉唉,你们来看看。"

镜头继续放大,戈壁尽头似乎有一排建筑物。

录像结束。

一段漫长的等待之后,一个小小的黑点出现在东面。

顾北回来了。

"我给'国友'老板娘打了电话,她说帮咱们叫个拖车过来,先把车拖回镇上修理。"他说。

"我们得马上租辆新车。"顾夕说。

"拖车师傅的徒弟会开辆SUV过来,价钱都已经谈好了。不过他俩昨晚就出去接活了,咱们得等七八个钟头。"

"那中午是赶不到德令哈了。"顾夕说,"老宋的胳膊得找地方消毒,重新包扎一下。"

"那边好像有个休息站。"大趸儿指了指北面,"说不定是个卫生站,要不就是加油站,有热水那种。"

他说着,从倾倒的吉普车后备厢里拽出了自己的行李,打开来,翻找出一盒方便面,坦然面对着其他人诧异的目光。

没有掩体,暴露于越来越晒的太阳底下,干燥寒冷的风和灼热刺目的阳光轮番折磨着他们。这条荒无人烟的省道上,通常半天也见不到一辆过往车辆。几个人最终达成一致,先去大趸儿说的那个地方给老宋包扎一下，如果还能在那里搭上前往德令哈的顺风车或者租到车更好。

一望无际的戈壁上，任何一个看起来并不遥远的物体，实际步行距离都远得超乎想象。

● VDO 19

一阵螺旋桨的噪音。镜头从地平线上摇摇晃晃地升起，好像是摄像机被绑在了无人机上。

空气干燥，视野清晰。

跃过无数赭色沙丘，远方地平线上出现一个渺小的人影。

无人机呼啸着飞向人影，俯冲，镜头放大。

那是一个穿着泛黄的宇航服的人。他浑身臃肿，黑色的宇航面罩上映照出黄沙与风蚀岩。他抬起头，朝着无人机挥手。

无人机飞近，他俯身从地上拾起一块大约一米长、半米宽的纸板。

镜头对焦，纸板上用黑体字写着：

顾夕同学

他将这页纸板放到脚边，双手举起第二页朝无人机方向展示：

我已老大

接着第三页：

你也不小

第四页：

认识这么久

第五页：

想请你帮个忙

他停顿了一会儿。周围回荡着螺旋桨搅动空气的声音，但又仿佛整个世界此时鸦雀无声。

他掀开最后一页，久久地举向天空：

嫁给我，好吗？

无人机绕着"宇航员"盘旋了一圈。

在盘旋到第二圈时，影像仿佛受到某种信号干扰，突然扭曲，持续三秒。黑屏。

黑屏结束之后，"宇航员"站在原地，和无人机保持着刚才的距离。面罩上的反光让人无法看清他的表情。

突然，他转身朝着身后海拔四千多米的赛什腾山跑去。

大羿儿画外音："诶，周扬！周扬你干吗？"

他既没有回答，也没有回头。臃肿的外套并没有阻止他的脚步，他大步大步地飞奔着。

顾北画外音："周扬这是干吗啊？"

无人机摇摇晃晃地降落在戈壁上，镜头被一块风化石挡住。

黑屏。

镜头再次开启，对焦。

一只手把无人机从地上拾起来。

老宋带着哭腔问："他去哪儿了啊？"

顾北画外音："充好电了。"

无人机再度起飞，镜头俯视着地面，能看到顾北、老宋、大羿儿三人的头顶。

无人机朝赛什腾山方向飞去，茫茫戈壁上空无一人。

录像结束。

他们走了足足两个钟头才走到。

令人失望的是，那并不是什么休息站，而是被游牧民遗弃的一个蒙古包群落。海西州的游牧民驱赶着牛羊沿水草丰美的地方迁徙，这里只是他们往年迁徙途中的一个临时站点。

蒙古包里没有供电设施，也没有床铺，只剩几床被虫蛀烂了棉絮的被子。他们找到几桶浑浊的液体，可能是水，也可能是油。

大疙儿捧着那盒没开封的方便面欲哭无泪。

顾夕因陋就简地帮老宋重新包扎了一下伤口。

顾北打开随身携带的水壶，把仅剩的一点水分给另外三人喝了。他建议大家分散开来，在几个蒙古包之间继续搜寻有用的东西。

不知道为什么，顾夕总感觉这里似乎还有第五双眼睛，正在注视着他们。她四下环顾，明晃晃的阳光下，并没有别的人。

顾夕问顾北，拖车师傅走到哪儿了，什么时候能到。顾北搜寻了一番信号，走到蒙古包背后去给"国友"老板娘又打了个电话。

顾北打完电话，四个人分成两组在几个蒙古包之间继续搜寻可用的东西。只要稍微抬高音量，即使看不见人影也能互相听见声音。

"拖车师傅昨天晚上给人跑车去了，花土沟有人娶亲。他要中午喝了喜酒再过来。我把这儿的定位发给他了，咱们不用再走回省道上去。"

"他不怕酒驾？"老宋问。

"他徒弟开车。"

"奇了怪了，什么人是半夜娶亲？"大疙儿也问。

顾北无可奈何地道："老板娘说青海这边的蒙古老乡都是半夜娶亲，因为害怕遇到民间传说的一种不吉利的东西。"

老宋一听，抱紧了胳膊往顾北身上靠过去："别说了，吓人。"

"什么不吉利的东西？"顾夕问。

"一种瘴鬼。总在有亮光的地方出现，伸手不见五指的夜里反而不出现。"顾北说，"它一出现，就会附在人身上，让人发疯，学羊叫什么的。"

"呸呸呸，顾北你别吓人了。"老宋真的被吓得不轻，使劲拧了顾北的胳膊一把。

"青海的蒙古族管被瘴鬼附身的人叫'乌瓦达丹'，就是'鬼奴'的意思。"顾北说，"也许这种'瘴鬼'只是某种引起人疾病发作的寄生虫。沿海一带的蟹农不是也有'蟹奴'的说法吗？老宋她们老家就有。"

"蟹奴？"顾夕还是第一次听到这个词。

"蟹奴是种寄生虫，寄生在螃蟹身上，就像一颗种子长在花盆里，它生出的根须会爬满螃蟹全身。螃蟹成了个空壳，原本的螃蟹已经不复存在了。"老宋说，"然后蟹奴的卵巢就从螃蟹肚子那里爆出来，黄灿灿一坨，好些不懂的人还当那是蟹黄给吃掉了。"

顾夕听得想吐。

她发现不知什么时候，和自己组队的大迓儿不见了踪影。

"被蟹奴寄生的螃蟹不脱皮，也不交配繁殖，更不能吃。所以我们那儿的蟹农遇上这样的僵尸螃蟹一般只能扔掉。"老宋说。

"你们看没看过一个讲亚马孙雨林里的'僵尸蚂蚁'的纪录片？"大迓儿突然插话进来，听声音他应该是在十米开外的地方，"那个更有意思。有一种真菌，专门寄生在蚂蚁身上。它先控制蚂蚁的腿，让蚂蚁离开地表的巢穴去流浪。这时蚂蚁还是活的，还有自己的意识。被寄生的蚂蚁会反常地朝着树冠爬,虽然它本性是喜阴的,但这会儿那哥们儿的脚已经不听话了。等蚂蚁爬到树冠上,就会使劲儿咬住一片向阳的树叶,再也挪不了窝了。这蚂蚁肯定是不愿意的,但无奈身体里面都是菌丝,自个儿控制不了自个儿了。"

"它就慢慢在那等死吗?"老宋问。

"不然还能咋地?"大疙儿说,"这种真菌的真正营养来源是鸟粪。知道它为什么要操纵蚂蚁爬到树冠上吗?便于被鸟类发现啊。鸟吃了蚂蚁,再把鸟屎拉到地上,真菌就发育了。一到晚上,把孢子到处这么一喷,地上那些个倒霉路过的蚂蚁,不就又变'僵尸蚂蚁'了吗?"

这种真菌的寄生策略,形成了一个完美的闭环。

顾夕听得有些入神,她想起了自己那个关于"冬虫夏草"的梦。

"僵尸螃蟹、僵尸蚂蚁算什么?"顾北问,接着他换了一种口气,似乎是故意想吓唬老宋,"青海这边的瘴鬼更厉害,会附在人身上,把人变成僵尸。"

老宋嗔怪道:"你这说得也太悬了。"

"那只是本地人的说法。"顾夕走过一个小毡篷,顺手掀开门帘朝里打量,"这什么瘴鬼附身,应该就是光敏性癫痫之类的。"

顾北正要接话,这时老宋从他身后紧走两步,上前猛地拉了一把他的袖子。顾北这才想起他姐夫周扬也是光敏性癫痫患者,便不再和顾夕争辩。

"可是,为什么这里会有瘴鬼的传说和半夜娶亲的传统呢?"顾夕自言自语,"光敏性癫痫的发病率高得有点反常了,而且是从古至今发病率一直都很高。"

小毡篷里空空如也，顾夕又朝前走向另一座较大的蒙古包。她刚一拉开蒙古包的门帘，便闻到里面传出一股密闭空间特有的臭味。

她把门帘搭在一边，走了进去。

乍一进入，似乎跟盲了一样，什么都看不清楚。

等到眼睛适应了微弱的光线，顾夕才发现这座蒙古包里沿墙根摆着一排桌子，桌子上都是瓶瓶罐罐。蒙古包中间是一把木椅子。

不知道为什么，这样的摆设让顾夕心里瘆得慌。

等她走近那把木椅子，不禁一哆嗦：椅背和把手上沾着一些暗色的东西，像是陈年的血迹。两个扶手上还装着用来固定手腕的尼龙套索。椅背和椅子脚上也有，看起来是固定脖子和脚踝的。

鬼使神差地，顾夕朝着墙边的瓶瓶罐罐走去。

她弯下腰，打量着其中的一个玻璃瓶。这是一种像泡菜坛子似的玻璃瓶，但里面泡着的，却是从中间剖开的一匹未足月的小马。小马的外面包裹着切开的半个深红色子宫。

顾夕倒吸了一口凉气。

突然门帘耷拉下来，黑暗瞬间席卷了整个室内。

这不期而至的黑暗，让顾夕失声叫了出来。

她像突然失明的人一样，分不清东南西北，什么也看不见。

顾夕凭着记忆往出口跑，却重重地撞在了什么东西上，连人带物一起跌到了地上。

是那把木头椅子。

恐惧，拽紧了她的心脏。

有那么一瞬间，她以为自己就要死在这里了。

——直到有人一把掀开了门帘。

顾夕的双眼又重新获得了光明。

顾北大步走近，把她搀起来。顾夕拽着顾北的胳膊，跟跟跄跄地出了蒙古包。老宋站在门口，拿手撑着门帘，似乎不敢往里看。大趸儿在不远的地方捧着方便面，目瞪口呆地看着顾夕——面条只吸溜到一半。可能他从来没见过一个人脸上有如此惊恐的表情吧。

不知道为什么，当重新站在阳光下的这一刻，顾夕想到了周扬。

虽然对刚才的经历心有余悸，她却又隐约感到一丝莫名的慰藉。她和周扬，是不是因此而多了一次相似的经历？当周扬在强光的刺激下坠入光明的深渊时，她也尝试过在漆黑一片中坠入黑暗的深渊。

● VDO 20

夜。

大趸儿画外音："老乡，见没见过这人？"

一个蹲在蒙古包前拿煤球生火的人接过大趸儿的手机，看了看，摇摇头："莫见过。"

顾北往那人手里塞了一条烟："我们见着他进你蒙古包了，是不？"

那人把烟推回给顾北，摆摆手："莫有！"

顾北说："老乡，帮帮忙。人肯定在里头，你这样我们要报警了。"

那人放下手里正在点的煤球，站了起来，打量了顾北和大趸儿一番，一言不发地转身走进了蒙古包。

黑屏。

刚才的人从蒙古包里出来了，对顾北说："恁个鞭娃中了瘴鬼。夜来晚夕窜到这跟，咬了我的大肚儿母马。今春就要下崽子了，咋个赔？"

"赔，赔。"顾北说着，掏出一叠纸币递到牧民手里。

"瘴鬼医不好的。"那人接过钱，沾着唾沫数了数，转身掀开帘子，让出一人宽的入口。

镜头探向蒙古包内部，在蒙古包的中间放着一把木椅。

木椅上绑着的人，正是周扬。

周扬的半张脸上，都是血迹。

他低垂着眼，一串涎液混着新鲜浓烈的血迹，沿着他的嘴角流了出来，滴落在木椅扶手和他脚下的毡子上。

录像结束。

顾夕站在蒙古包的门口，在她的身后，没有系紧的门帘在狂风中摇摆不定。

"你们三个是不是以前来过这里？"她问。

顾北、老宋和大歹儿回避着彼此的眼神，大歹儿更是把头摇得像拨浪鼓。

"你是不是根本就没有打过电话给'国友'老板娘？"顾夕问顾北。

顾北默不作声。

"那就是说，等到天黑也等不到拖车了？"顾夕继续说，"没人会来修吉普车，也没人会开SUV来接我们。"

"你们为什么带我来这儿？"顾夕平复了一下情绪，问道。

"你猜的都对，"顾北说，"怎么猜到的？"

老宋在一旁小声说："顾北，这叫女人的直觉。"

"你们一直故意在把我往这里带，傻子都猜到了吧。"顾夕说，"老宋，我真没想到你胆子这么大，敢在车胎上动手脚。给你包扎的时候我发现你右手虎口的伤不是新伤，而是二次撕裂。我猜是昨晚你用工具动轮胎的时候伤的，但我有些不能确定……顾北，老宋这是你教坏的吗？你看看她那胳膊，差点儿就废了！翻车多危险你们心里有数吗？还有，顾北你还知道跟我撒谎了！从你说拖车师傅去喝喜酒、半夜娶亲的是蒙古老乡，我就觉得不对。我也不是第一次来青海！半夜娶亲这个传统不是蒙古族的，是汉族！"

老宋和顾北无言以对。

顾北低下头，默默朝顾夕伸出右手大拇指。

"可我还是不敢相信……不敢相信你们三个合起伙来骗我。"顾夕说，"最后让我确定这一点的，是大疙儿。"

大疙儿一脸无辜地看着顾夕，指指自己的脸："我？"

"以我对你的了解，如果你没有来过这里——"顾夕说，"你是根本不可能找到用来泡方便面的饮用水的。"

顾北、老宋和大疙儿彻底蔫儿了，垂头丧气地面面相觑。

"说吧，"顾夕没好气地说，"你们这闹的是哪出？"

顾夕站在蒙古包的门口，看着顾北、老宋、大疙儿，欲言又止。终于，她把"你们三个是不是以前来过这里？"这句怀疑的话吞进了肚子里。刚才的一番诘问都是幻觉吗？都只发生在想象里？她觉得脑袋胀得生疼。在她的身后，没有系紧的门帘随着狂风摇摆不定。

肆无忌惮的风，在他们的四面八方穿梭来去，卷起飞沙走石。

不知不觉，太阳已经朝着西边落了一大截。阳光不再炙热刺目，它把白色的云、黄色的沙、灰色的蒙古包，全部镀上了一层金色。

这片土地有一种神奇的魔力，把她变得不像她自己了。她现在头痛欲

裂，敏感多疑。

石头、青稞、草原、戈壁，所有事物的影子都朝向东边。

那金色越发浓郁，那影子就拖得越长。

德令哈在蒙古语里正是"金色的世界"之意。然而今天，顾夕恐怕没法如期抵达那个金色的世界了。

连同周扬留给她的谜底，这一路总是看似触手可及，却又遥不可及。

终于，顾北突然开口道："姐，难道你真的以为……姐夫是光敏性癫痫那么简单？"

●VDO 21

镜头调试。

夜空中的银河逆时针旋转起来，一颗颗星划出一条条线。

镜头重新对焦完毕。

原来是一张脑部核磁共振的成像图。

一位医生模样的老者拿圆珠笔在成像图上挥了个圈，摇摇头说："没有发现器质性病变，暂时确定不了痫灶的位置，还得再做进一步检查。"

镜头上下晃动，表示点头。

"爸，那这是遗传病吗？"

镜头顺着声音找到一张忧心忡忡的脸，是顾夕。

"不排除。"顾父说，"癫痫的成因很多，包括遗传、病毒，甚至是光敏刺激。"

顾夕问："那对生活有影响吗？怎么治啊？"她旋即抬头看着镜头，伸出手来说："诶！周扬你别拍了！"

顾父问："老汪，有什么办法吗？小夕他们正打算要孩子……"

原来室内还有一位坐在医生办公桌后面的转椅上的老者。他的头发焗成黑褐色，看起来比顾父年轻些。

老汪说："癫痫说白了，就是大脑里面的神经元异常放电。有的异常放电还伴发有肿瘤，或者痫灶，这样的都好办，手术切除就行了。"

他从转椅上站了起来，拿右手食指点了点脑部核磁共振的成像图："怕就怕这样什么都看不出来的。我可以开点药，先试试药物控制？"

顾父有些犹豫："老汪啊……"

老汪看了一眼顾父，沉吟道："周扬得的是光敏性癫痫，如果想根治，也不是没办法，只是解铃还须系铃人。"

顾夕问："什么办法？"

老汪说："导入光敏蛋白表达在神经元细胞膜上，通俗点说就是给神经元装上'开关'。然后通过特定波长和频率的光线照射激活光敏蛋白，发出'关闭'的指令，抑制神经元异常放电，也就根除癫痫了。"

顾夕有些担心："这安全吗？"

老汪笑了："十年前就已经在大鼠身上试验成功了。不过这手术，协和目前还做不了。患者有这个要求的话，我们都是先登记，大概等到明年就可以在临床上接诊了。"

顾父："小夕，你看呢？"

顾夕："汪伯伯，那请您给周扬登记一个吧。"

录像结束。

这段录像全程都充斥着噪点干扰和间歇黑屏。

夕阳刺得顾夕睁不开眼睛。她的大脑嗡嗡作响。

"顾北，你什么意思？"

"这几年他只吃药,不手术,你想过是为什么吗?"顾北说,"你真的以为姐夫是光敏性癫痫?"

顾夕不是没想过为什么周扬不愿意手术治疗。

感情淡了,没有话题了,不想要孩子……顾夕能想出一大堆理由,但此刻她却一个字也说不出口。

"他来冷湖拍求婚视频那次,惹上瘴鬼了。"顾北说,"周扬被附身了,中邪了,他已经不是你认识的那个周扬了。"

顾夕想笑,她不敢相信这话是从顾北嘴里说出来的。可是当她看到老宋和大迠儿的表情,就有点笑不出来了。他们脸上写着复杂的情绪:恐惧、同情、担心、为难——这些表情让顾夕几乎要相信顾北的话是真的。

"你可以看看这个。"顾北掏出手机,点开一段视频递给顾夕。

是那一次无人机拍到的周扬在求婚中途突然转身跑掉的视频。

顾夕把手机还给顾北:"这说明不了什么。"

顾北急了,他冲顾夕吼:"怎么就跟你说不明白呢?!"

大迠儿在一旁欲言又止地说:"要不……我这儿还有一段视频……"

顾北和老宋的表情有些异样。

顾夕朝大迠儿伸出摊开的左手:"我看看。"

大迠儿手机里的是那段星夜里顾北、老宋、大迠儿三人寻找周扬的视频。

顾夕认出了视频里的蒙古包就是眼前这座,认出了那把带血的椅子;但当她看到坐在椅子上的周扬时,打心里不愿意承认那是他。

她看着半张脸都是血的周扬,觉得那就是一个怪物。怪物低垂着眼,一串涎液混着新鲜浓烈的血迹,沿着他的嘴角流了出来,滴落在顾夕的心坎上,让她止不住战栗。

震惊。

恐惧。

如释重负。

一直以来,她所有的疑问似乎都找到了答案。可是,一个答案却又引发了千万个新的疑问。

她从来没有后悔过在青海和周扬相识,也没有后悔过这次来青海找周扬。

但是她万万没有想到会是这样的结果。

就是这个从戈壁归来的怪物,向自己求婚的吗?

就是这个被瘴鬼附身的怪物,扮演着自己丈夫的角色吗?

他的激情褪去、言不由衷,原来都只是邪魔入体、身不由己?

年复一年,冬去春来,她就这样和一个怪物住在同一屋檐下而不自知。她的辗转反侧,她的痛苦难耐,她的隐忍失望,她的歇斯底里,仿佛全都找到了合理的注脚,也都变得毫无意义。

她回想起自己这几年和周扬之间的关系,也随着周扬的病情时好时坏。好的时候,周扬还是周扬;坏的时候,周扬就不是周扬了吧。

良久,顾夕问:"你们早就知道了?"

顾北、老宋和大疤儿一言不发。

夕阳悬在戈壁的尽头,即将沉入黄沙之中。

顾北说:"我们一开始也没信。我要知道他真的中了邪,怎么也得拦着你俩结婚啊。只是这次周扬突然跟我说他要背着你再来一趟青海,我就觉得有点儿不对劲。"

大趸儿点点头:"谁承想这世上还真有这么邪门儿的事儿呢。"

老宋一会儿看看这个,一会儿看看那个,不敢说话。

"他应该是消失了,不会回来了。"顾北说,"别找了。"

周扬消失了,不会回来了。

像那些不再退壳和繁殖,被蟹农丢弃在阳光下暴晒的僵尸螃蟹一样;像那些意识尚存,却控制不住地要背离巢穴爬上阳光普照的树冠的僵尸蚂蚁一样。

所有的一切都串在一起,形成了一条令人匪夷所思却又坚不可摧的逻辑链条。

周扬向她描述过的,发病时脑子里绽放的千万个明亮的太阳,国道315上撞向吉普车挡风玻璃的蝙蝠蛾群,青海当地高得惊人的发病率和关于瘴鬼由来已久的民间传说……一切都扣上了。

顾夕看着没入地平线的夕阳。

它最后金光一闪,戈壁便换了色彩。

眼前的世界不再是金色,而是灰蓝色的了。顾夕看着这个灰蓝色的世界,不禁有些悲哀地想:这片土地上的某种东西,寄生在周扬体内,慢慢把他变成了另一个人。

远远地,从南边射出了两束灯光。

那是一辆朝蒙古包疾驶而来的汽车。

随着在戈壁上的颠簸前行,车头的远光灯也不住地颤动着。

她突然感到一阵天旋地转,晕倒在地。

天空像柔软的蓝丝绒,盖在粗砾的灰蓝色戈壁上。

"那是拖车师傅的徒弟来接咱们了吧?"

"这车看起来怎么有点儿不对啊？"

在失去意识之前，她模模糊糊地听到老宋和顾北的对话。

DAY 3　3月31日

你永远见不到此时此刻的太阳。

你见到的，是八分钟前的太阳。

因为光从太阳抵达地球，需要八分钟。

同样，你永远也见不到此时此刻的宇宙。

你见到的，是过去那个古老的宇宙。

如果不在同时同地仰望，就不可能看到同一片星空——是的，今天的顾夕和昨天的周扬看到的，永远不可能是同一片星空。

然而你却可以轻易在日常生活中看到宇宙背景辐射，那些从创始之初就游荡在整个宇宙中的高能射线——这些辐射，我们的电视就能接收到，没有信号时你电视屏幕上显示的那些雪花噪点就是宇宙背景辐射。

顾夕在颠簸的货车副驾上醒了过来。

大货车驾驶室里，电视屏幕上是一片雪花噪点。屏幕映着两个人影，一个是她的，另一个是正在开车的人。

她扭头看了一眼身边，不禁吓了一跳。

驾驶位上坐着一个浑身臃肿的人——怎么可能不臃肿呢，他穿着一套

泛黄的宇航服。

"周扬?"顾夕捂着嘴叫了出来。

那人没有回答,只是扭过头看了她一眼,黑洞洞的宇航面罩上毫无表情,看得顾夕心里发怵。

车窗外,天已经完全黑透了。

她四下打量,透过大货车驾驶室和货厢之间的小窗,窥见货厢里躺着三个人。

顾夕心里咯噔一下……那应该是顾北、老宋和大耷儿。他们躺在那里,一动不动。

前面出现了一座收费站。

周扬放慢了车速,大货车浑身吱呀着,徐徐地停靠在收费站前。

顾夕深深地吸了一口气,在大货车完全停稳之前,她用尽浑身力气,一把推开车门,跳了下去。

顾夕两脚一落地,便飞奔到收费窗口,一边拼尽全力大喊着:"救命!救命!"

收费窗口里根本没有人。

这是条二级公路,收费站早已经全部撤掉了。

顾夕回头,看到周扬打开了车门,他也跳下了车,朝收费窗口走过来。

顾夕赶紧去拧收费室的门把手,门锁上了,怎么也拧不开。她想跑,可是这里除了一条笔直的公路就只剩下开阔的戈壁,根本不可能逃脱。

她转身,直视着步步逼近的周扬。

海拔三千米的高原之夜,氧气是如此稀薄。周扬还没有走近,她就已经觉得脖子像被人牢牢掐住了一样。

这时周扬开口了,他的声音是从头盔上的扩音器传出来的,听起来有些怪:

"跑什么啊,跟见了鬼似的?"

顾夕大口大口地喘着气,止不住地战栗着。她望着那黑洞洞的宇航面罩,半晌,才问出一句:

"你是谁?"

"是我啊。"周扬说。

"你想干什么?"

"我想……"周扬说着,抬起了双手,取下头盔,"在这儿停个车,好把这身儿脱掉。"

脱下头盔的周扬,声音变得正常了。他接着又脱下了身上的宇航服。

顾夕完全没有想到会和周扬在这样的情形下见面。她已经马不停蹄地奔波了好几天,就为了找到周扬——结果却是周扬找到了她。

周扬想给顾夕一个拥抱,却被她一把推开。

"你为什么招呼也不打就走了?"顾夕问,"为什么不接我电话?"

"我就知道你会来给我添乱。"周扬笑着,半是责怪,半是宽容。

"你把顾北他们怎么了?"

"没事,他们晕过去了,我有办法治好他们。几年前,我和他们仨一起来青海。没想到,他们在这儿中了邪。"

接着,周扬把那次到冷湖录求婚视频的事从头到尾讲了一遍。因为发现了顾北、老宋和大趸儿的异常,他才录到一半转身跑走;而大趸儿录下的那段在蒙古包找到周扬的视频,其实是周扬癫痫发作,被牧民当成"瘅

鬼附身"给救了。发作的时候他咬破了自己的腮帮，流了不少血。如果顾夕细心留意过两段视频的时间顺序的话，会发现蒙古包那段视频的录制时间是在求婚视频之前。他没有伤害过任何人。

这和之前顾北他们的说法完全相反。

"中邪的不是你？"

"也有我。"

顾夕彻底糊涂了。

"我们都中邪了，只是他们三个还没意识到而已。"周扬说，"上车说吧，这儿太冷了。"

顾夕跟着周扬回到车上。大货车继续朝西驶去。

"我们这是去哪儿？"

"野马滩。"

"周扬，你说的中邪，是不是一种……寄生虫？"

"算是吧。"

"那你现在和我说的这些话，你身体里的虫子能听到吗？"

周扬笑了："这寄生虫不是你想的那回事。我也是这次来青海才终于彻底搞清楚的。"

"那你为什么突然想到要来青海？"

"还记得你在汪伯伯那里帮我做的手术登记吗？"周扬说，"我和他联系了，说我愿意手术。术前检查的时候，他发现不是光敏性癫痫那么简单。"

周扬竟然一声不吭地决定去做手术。顾夕看着周扬的侧脸，觉得恍如梦境。此时此刻的周扬，就和他们刚认识的时候一样。那中间的几年呢，被寄生虫偷走了吗？

"你看。"周扬说。

顾夕朝前看，笔直的沙石路；朝窗外看，无垠的大戈壁，四野寂静，空无一物，不知道周扬让自己看什么。

"这大西北啊，乍一看什么都没有，什么都缺——"周扬说，"就是不缺石油。这种寄生虫，就是从石油里来的。"

这种"虫子"是数百万年前还是数亿年前就出现的，至今没有定论。目前能够知道的是，它们可以存活在石油里。也许最初的时候，它们寄生在史前海洋中的动物和藻类身上。随着这些生物死亡，尸体中的有机物和海床中的淤泥混合，被埋在厚厚的沉积岩下。数百万年的高温和高压，使得一种黏稠的、深赤色的液体慢慢形成，它就是各种烷烃、环烷烃、芳香烃的混合物——石油。那些巨大的动物和渺小的藻类已经不复存在，然而一种靠消耗烃而生长的微生物却顽强地存活下来。"虫子"也就寄生在这种微生物的蛋白中。

我们一直以为生物存在的必要条件是适宜的温度、氧气和水分——然而这些对于"虫子"来说，都无关紧要。它只需要蛋白。能置它于死地的只有真空，因为目前还没有哪种蛋白能在真空中存活——然而即使在真空中，它也能够存活数分钟之久。

1958年，冷湖石油井喷，当时有二十五个工人接触到了最初喷发出来的原油。这种"虫子"立刻告别了它寄居多年的石油蛋白微生物，进入到人体这个更大的"蛋白供应者"里面，寄生在大脑蛛网膜下的大脑灰质以及人体脊柱的脊髓灰质中。

这种"虫子"其实不是虫子，而是一种光敏蛋白。它蛰伏于地下的那

几百上千万年间，一直都是休眠状态。而现在，它被激活了。人体中几乎所有的细胞都有更新周期——除了大脑灰质和脊髓灰质中的神经元。所以，这种寄生在灰质中的"虫子"永远是安全的，人体器官和组织细胞的新陈代谢不会危及它，它也就不会被清扫出去。也正因如此，它不会损害人的嗅觉和记忆，因为海马体的细胞会更新。

人类中枢神经系统约含1000亿个神经元，仅大脑皮层中就有约140亿。也就是说，一旦被"虫子"寄生，那你脑子里可能已经有了上百亿条"虫子"。

人类的中枢神经系统中有大量抑制因子，抑制神经元再生。为了生存下去，"虫子"会麻痹宿主体内的巨噬细胞，刺激星形胶质细胞——前者由小胶质细胞转变而来，通过吞噬作用清除衰老、病变的神经元及其细胞碎片，后者则通过增生繁殖，填补神经元死亡后留下的破损。宿主的神经元细胞每分每秒都在更替和再生，这在普通人体内是不可能发生的。增生过度的结果，就是神经元异常放电——也就是医生们所说的"癫痫"。

而几年前，周扬一行人也是在冷湖拍摄求婚视频的时候接触到了原油，被"虫子"寄生的。

周扬、顾北、老宋、大夏儿，他们都癫痫发作过。这成了他们四个人心照不宣的秘密。但那时的他们，还没有意识到原来一切都和石油里这种看不见的光敏蛋白寄生生物有关。

这次青海之行，周扬终于解开了谜团。而顾北他们，还依旧蒙在鼓里。

"你是怎么找到我们的？"顾夕问。

"我给手机装了定位啊。你们能通过定位来找我，我就不能通过定位找你们?"

"那你是不是也是通过控制货车车头灯光,让他们仨癫痫发作晕过去的?"

"对。"

"这么说,你已经找到对付'虫子'的办法了?"

"没错,我有一个计划,等到了野马滩你就知道了。"

公元前5世纪,生活在西西里岛上的古希腊哲学家恩培多克勒提出世界由火、气、土、水四种元素构成。他还相信人类的眼睛是爱情女神阿佛洛狄忒以这四种元素所造。女神在人眼中燃起火焰,万物被这种火焰照亮,于是人得以看清我们所置身的世界。他知道夜空中那个黄澄澄的圆形物体是因为反射而发光的;他还知道光线从此地到彼地,只需眨眼工夫,以至于即使有女神阿佛洛狄忒的火焰帮助,我们也不能察觉到光是如何行进的。关于恩培多克勒的传说非常多,在诗人的传唱里,他是个预言家,能够控制风,也曾使一个已经死了三十日之久的女人复活。人们搞不清楚他究竟是行过神迹还是只是疯癫,究竟是知晓真理抑或耍了别的把戏。但有一点是确定的,他最后跳进埃特纳火山口,从此杳无音信。

1687年7月5日,牛顿发表了科学史上的不朽著作《自然哲学的数学原理》,用数学方法阐明了宇宙中最基本的法则。然而他晚年醉心神学和炼金术,从1692年开始,失眠、健忘、消化不良和时不时的忧郁症一直伴随着他。1727年牛顿去世,墓碑上用拉丁语镌刻着"他以几乎神一般的思维力,最先说明了行星的运动和图像、彗星的轨道和大海的潮汐"。

1881年2月9日,俄国作家陀思妥耶夫斯基准备创作《卡拉马佐夫兄弟》第二部。他的笔筒掉到地上,滚到柜子底下。在搬动柜子的过程中,

他用力过大,导致血管破裂,当天去世。他一生写下了无数伟大的作品,《穷人》《被侮辱与被损害的人》《死屋手记》《地下室手记》《赌徒》《罪与罚》《白痴》《群魔》《卡拉马佐夫兄弟》……"所有的一切,都是一场虚幻。"他在《白痴》里这样写道。

与陀思妥耶夫斯基几乎同时代的英国作家刘易斯·卡罗尔,原本是一位牛津大学的数学讲师。他从一个小女孩坠入兔子洞开始,编出了被全世界解读了一百多年依旧藏满了秘密的作品《爱丽丝漫游奇境记》。

1890年5月17日,文森特·凡·高来到巴黎见他书信里称呼为"亲爱的提奥"的弟弟,以及刚出生的侄子文森特。在这之前一年,凡·高创作出了《星空》,他用无比奇特的漩涡状笔触勾勒出了大地与星辰、树木与村庄、山谷与教堂。黛蓝色的星空中,太阳系所有的恒星与行星旋转着,闪烁着,等待着"最后的审判";在这之后的7月27日下午,凡·高走进麦田,开枪自杀。子弹穿过了他的脊柱。第二天早上,在提奥的看护中,他安静地离开了人世。

以上这些人来自哲学、科学、文学、艺术各个领域,他们生活于人类文明的各个时代。有的选择了自杀,有的活到了耄耋之年,有的却又死于意外。

但他们都有一个共同点:他们都是光敏性癫痫患者。

他们一生中所获得的最大成就,与这种疾病有着千丝万缕的联系。

恩培多克勒患有"圣病",那是一种对"癫痫"的委婉说法;牛顿的癫痫比较神秘,在他死后,科学家们依旧众说纷纭;陀思妥耶夫斯基一生所著的书中有三十多个人物都患有癫痫,因为他自己就长期饱受癫痫困扰;刘易斯·卡罗尔在他的日记上记录了癫痫发作的种种感受,正是因为亲身经历过,他才能写出掉进兔子洞的故事。

历史上患过癫痫的人,我们还可以拟出一条长长的名单,包括恺撒大帝、亚历山大大帝、彼得大帝、苏格拉底、达·芬奇、但丁、莫泊桑、狄更斯、拜伦、贝多芬、肖邦、柴可夫斯基、林肯、海明威、帕斯卡、诺贝尔……

在这之中,有多少人是被误诊为癫痫病,实则是被"虫子"寄生的宿主?

清晨时分,野马滩到了。

顾夕从宽大的车前窗看到,远远的前方有一排灰色平房,平房上方是一个巨大的白色圆球,好似她结婚当天的布景。车行的道路是泥路,两旁是疯长的野草,虽然已到3月的尾声,积雪却还没有化,白皑皑的雪地映着白皑皑的天文台。

她不知道,野马滩气候干燥,水汽含量低,是亚洲最好的毫米波射电天文观测站址。在那个让她颇有好感的白色圆球里,站着的可不是什么新娘,而是中国当时唯一一台毫米波段的射电天文望远镜。

没来由的,顾夕想起了一则笑话。一个妻子忧心忡忡地在日记中写下心事,她察觉到丈夫当天有些异样,精神不振,唉声叹气,早早就躺在床上,双眼无神,仿佛失去了生活的信念。妻子非常担心,她仔细地回忆了两人的相处,从当天回忆到当月,再回忆到当年……然后追溯到两人刚相识的时候。妻子越想越觉得伤心委屈,觉得丈夫一定有事瞒着自己。而躺在她身边的丈夫呢,对这位正在记日记的妻子的所有担忧毫不知情,他心里只有一个念头:唉,今晚点球大战输掉的那个球真是太可惜了!

周扬对自己的不辞而别没有解释,没有道歉——他大概觉得这都犯不

着吧。而顾夕呢,她在这几天跌宕起伏、百转千回的心路历程,只能烂在肚子里了。

货车停在了天文台那排灰色平房跟前。

顾夕问:"顾北他们怎么办?"

周扬说:"他们可能一会儿就能醒了。我不拔车钥匙,开着暖气,他们冻不着。"

他俩打开车门,跳下了车。泥路边的积雪细碎而脏,荒草深处的洁白无瑕。

周扬领着顾夕进入灰色建筑,里面有一个大学生模样的人在值班。看周扬管那人叫"小李"的样子,顾夕猜到周扬应该在之前来这儿的时候就和大学生打过交道了。

"我们徐站说了,您把波段告诉我,我来配合工作。"小李态度极好。

在他身后的墙上挂着一张图表,密密麻麻地画满了小方格,那代表着对银河各个天区的观测进度。目前已经完成一多半了。

白色圆球其实直径有二十多米,是个天线罩。圆球里面就是13.7米的微波射电望远镜。为了绘制出一幅完整的银河结构图,紫金山天文台一直在给这台望远镜加装其他频率的波束接收机。周扬此行的目的,就是要借用这只"眼睛",寻找冷湖上空某种肉眼看不见的光波辐射。

不知道周扬使了什么法子,居然可以调用这台天文望远镜。当然,绘制银河的工作本来也只能晚上进行,况且目前这台改造过的天文望远镜可以同时监测九种频率的光波辐射。周扬只需要天文望远镜在一个特定频率上监测十分钟。

"你怎么确定冷湖上空就一定有这个频段的光波辐射?"顾夕问。

"我不确定。"周扬小声说着,朝顾夕挤了挤眼。

"频率多少?"小李走到操作台前,问道。

周扬掏出一张纸条递给小李。

小李接过纸条看了看,操作起仪器来。

房间里静得只剩下扩音器里传出来的白噪音。

周扬似乎有些紧张地等待着结果;顾夕不知道他葫芦里卖的什么药,便在值班室里找了把椅子坐下来。

她一落座,眼前桌子上的一摊资料表格就映入了眼帘。表格上一行行清晰的数字让她一个激灵,似乎想到了什么。

那是一堆记录太阳系行星运行周期的表格。其中一张是火星的运行数据,记录了从1899年到2018年每一年的近日点、远日点,以及和地球的距离。

这时扩音器里突然传来一段有规律的噪音。

"找到了!"小李喊。

被他声音里的激动所感染,顾夕连忙站了起来。值班室里毫无变化,除了那段突然出现了几秒钟的声音之外,看不出有什么值得激动的事情发生。

"冷湖上空果然有一段异常光波辐射!"小李调大了扩音器的音量,刚才那种规律的谐振声又响了起来,从蝴蝶振翅般的轻微连续的"噗噗",变为了掷地有声的"咚咚"。

"光波辐射不是用来看的吗?怎么还有声儿啊?"周扬问。

小李顾不上解释,一把抓起值班室电话,打给徐站长,报告了这个发

现。过了一会儿，电话铃声响了，他接起来，不是徐站长，是中科院紫金山天文台。

紫金山天文台让小李把刚才截获的那段异常光波辐射的资料发到南京做进一步分析。

顾夕走到周扬身边，指了指小李放在操作台上的纸条："谁给你的？"

"汪伯伯。"

"汪伯伯？"

"猜不到吧？"周扬说，"我不是去协和做了癫痫手术的术前检查吗？汪伯伯发现我的神经元增生就是这种光敏蛋白引起的。他还推测这种光敏蛋白是一种寄生生物。他记下了这种蛋白内部的微波频率。我猜，这种光敏蛋白既然在富含石油的地方大量存活，应该也就会在油田周围产生同样频率的光波辐射……"

顾夕打断了周扬的话："可这跟治好你们有什么关系？"

"汪伯伯说过的话，你忘了吗？"

"哪句？"

"解铃还须系铃人。"周扬说，"这种光波辐射，就好像是'虫子'的思维或者灵魂。知道它们想什么，我们才能写出'关闭'它们运行的代码。我一开始还没有想到这招，等我到了冷湖'国友'招待所住下的第二天，这个主意一下子出现在我脑海里……"

"你不会是在拉屎的时候想到的吧？"顾夕恍然大悟。

"你怎么知道？"

"你是不是想到之后，还伸手在马桶对面的镜子上写下了'bye'？

然后你连夜开车来了德令哈的天文台。但是因为微波射电望远镜晚上要工作,只能对准星空观测银河,所以你当天铩羽而归,回到了招待所。一回去你就紧锣密鼓地收拾了行李,喊醒老板娘退了房,还把手机给落房间里了。对吧?"

"你开天眼了吗?仿佛就在现场!"周扬唏嘘不已。

"那你好好地退房呗,穿着宇航服干吗啊?把老板娘吓得半死。"

"我这不是安全第一吗?要是我的推测正确,那整个柴达木盆地上空可能都充满了'虫子'发出的异常光波辐射。你想想,柴达木盆地的石油储备可是好几亿吨!那'虫子'的数量不就……"

"周扬——"顾夕摸摸周扬的额头,"你没发烧吧?你这是拍电影用的戏服。真有什么光波辐射,根本防不住。再说了,你不是早就被'虫子'感染了吗?'虫子'都住你脑子里了,你还怕'虫子'的灵魂污染你纯洁的精神吗?"

这时值班室的电话铃声又响了。

小李接起来,一连串的"哦哦哦""好好好""是是是"。

他挂断电话,脸上还是抑制不住的兴奋:"紫金山天文台的六个观测站都观测到了这个频段的异常光波辐射!江苏盱眙天体力学观测站、江苏赣榆太阳观测站、黑龙江洪河观测站、山东青岛观象台、云南姚安观测站,全都收到了。现在六个站之间要共享一下信息,互相比对。"

"另外五个地方,有大油田吗?"周扬连忙问。

小李一脸茫然地看着他。

周扬百思不得其解:"有什么不对劲……'虫子'的光波,怎么到处都是。不仅仅是在青海,还在其他地方也出现了。"

这时，突然响起一阵尖利的汽车喇叭声。

顾夕三步并作两步扑到门边，打开门一看，大货车正在倒车。

顾北坐在驾驶座上，老宋和大疍儿挤在旁边的副驾上，大疍儿的脸都给挤得贴到车窗上去了。大货车车头下方好像躺着一个人，仔细一看，是周扬之前脱下来放在驾驶位上的那身宇航服。

"完了，周扬！你没拔钥匙！"

顾夕和周扬对看了一眼，飞奔出了值班室。

顾北一边倒车，一边伸出脑袋来冲着顾夕喊："上车！快上车！"

顾夕跑到泥路上，猛一回头，看到周扬正站在灰色平房的门口。她再转身，顾北他们一行人已经调转了车头，正把大货车停在前方等着她。

车喇叭一个劲地响着。

"顾北！顾北！"顾夕跑向大货车，一边跑一边喊，"你听我说！周扬找到办法了！他找到救你们的办法了！"

周扬也追了出来。

顾北松开手刹，踩下油门，大货车碾过那身宇航服，背离天文站的方向，朝东开去。

大货车后视镜里，顾夕一边跑一边喊着什么。很快，就只剩下一个小小的人影和呼呼的风声了。

车上，老宋轻声说："顾北，那是你姐啊！"

顾北脸色阴沉，眼泪却夺眶而出，他咬着嘴唇说："她已经被感染了。"

事情到此，就是一个罗生门。

每个人看到的真相，都只是盲人摸象。

即使爱情女神阿佛洛狄忒在人眼中燃起火焰,照亮万物,人们还是难以看清自己所置身的世界。

古希腊哲学家所设想的"火焰",即是一种光波。光波本身就是从原子、分子内辐射出的高频电磁波,它构成了世界,也充满了宇宙。

而生命,则是绽放在宇宙某个不知名角落里的惊喜。

这一次,这个不知名的角落有一个名字。

不是地球,而是火星。

很难说清这种光敏蛋白到底是火星上曾经有过的文明生物的一部分,还是它本身就是一个独立的生命体。

如果是前者,那么也许就像美洲人比哥伦布更早到美洲一样,我们以为贫瘠荒芜的火星,其实曾经孕育出过文明。火星文明发展到某一天,火星生物造访了地球。他们在经过地球大气层时坠毁,如同几十亿年来试图造访地球表面的那些彗星和陨石一样。火星生物基因的碎片进入地球原始的海洋,在那里,它们融入了古生菌、真菌和藻类中。基因中的光敏蛋白因为能够应答光信号而产生光合作用、能量储藏和生长作用而被选择性地保留了下来,科学家们将之命名为"视蛋白I"。

这些原始的生命形态在海洋中演变得日渐复杂,接着它们走上陆地,进化出了各种形态。光敏蛋白分布在脊椎动物的视网膜、脑、睾丸和皮肤中,让人能够感知光线,科学家们将之命名为"视蛋白II"。

女神阿佛洛狄忒在人眼中燃起火焰,照亮万物,其实只是让生物体中的光敏蛋白感知到宇宙中某个波段的光波。

上帝说要有光,而火星生命给地球带来了光敏蛋白。他们的基因碎片融入地球生命,甚至包括人类的血脉里,也流淌着来自夜空中那颗红色星

星上的血液。

如果是后者，那么它们更像一群浪迹在太阳系的蝗虫。如同《星空》中来自太阳系的审判一样，闪烁着和流动着的，充满了宇宙的那些"光"里，就穿梭着这样的寄生生物。

宇宙是一个巨大的电磁场，只要光源在这个电磁场中振动，立刻就能被充满宇宙的电磁辐射加速到每秒30万公里。这就是它们在星际间旅行的秘密。脱离蛋白质寄主，它们可以在真空中存活数分钟之久。然后它们抵达一个行星，俯冲而下，四处寻找。一旦这个星球上存在蛋白质，那么它们的寄生生活就开始了。

很难说清它们到底是什么时候抵达火星，并且发现这里的地层之下含有水和蛋白质的——还是说，它们本来就来自火星。

顾夕从那些癫痫病人身上发现了一个秘密。

癫痫并没有阻止伟大的牛顿发现万有引力，除此之外，1703年他还完成了集大成之作——《光学》，于次年发表。

陀思妥耶夫斯基9岁时第一次癫痫发作，他在1868年完成了以拿破仑和沙俄卫国战争为背景的《白痴》。拿破仑也是历史上一位著名的癫痫患者。

刘易斯·卡罗尔的第一本日记是从1853年开始的，然而这本日记在他死后却失踪了。

文森特·凡·高1880年春游奎姆，住在当地一户矿工家中，他突然开始走上了绘画创作的道路，也许就是在那里他遭到了"虫子"感染；而他的身体也从1883年开始每况愈下。1883年是凡·高画作的一个分界点。

冷湖地中四井井喷那一年，是1958年；海子前往西藏途经青海是1988

年；而现在，是2018年。

"今年两者距离仅为5760万公里，是15年来最近的一次。火星和地球每15年靠近一次，最远时相距大约4亿公里……"大货车上的电视屏幕中，主持人正在和嘉宾聊着什么，接着画面变得扭曲，信号消失了，只剩下雪花噪点。

现在我们知道，那是宇宙背景光波辐射的证明。

顾北关了电视，一个急刹车停在了荒无人烟的公路上。

他沉吟片刻，调转车头，一路向西而去。

老宋和大疍儿没有说话，俩人露出一个会心的微笑。

"火星和地球每15年靠近一次，最远时相距大约4亿公里。当地球和火星运行到各自轨道的远端时，从地球到火星即使以光速飞行，大约需要22分钟；而今年两者在最近距离时，仅需要192秒，不到4分钟。"

顾夕回想起在吉普车的电台里收听到的内容。

1703、1853、1868、1883、1958、1988、2018……它们之间相差的年份，正好都是15的整数倍。

她对照着那张记录了从1899年到2018年火星运行轨迹的表格，发现这些年份都正好是火星距离地球最近的年份。

不到4分钟，对于那些可以在真空中存活数分钟的寄生生物来说，足够了。

它们就像亚马孙雨林树冠上从僵尸蚂蚁头顶菌丝喷射出的孢子，从火星飞向地球。不过这种"孢子"拥有宇宙间其他寄生生物无法比拟的速度——每秒30万公里。

天文台监测到的，是它们进入地球大气时发出的切伦科夫辐射。

数以亿计的孢子以高能粒子的形态穿越地球大气，没有损耗掉的那些，则开始在陆地和海洋中寻找理想的宿主。

充满生命的地球就像一颗诱人的培养皿，培养着供这些生物寄生的蛋白质。

每隔15年，一次轮回。

周扬在天文台值班室一台没有连接外网的电脑上，噼里啪啦地编写着一段指令。

终止一个计次循环，是他写过无数遍的代码。他的代码总是很简洁，设置条件为"真"时可以从任何一个语句后面直接退出循环。只是在搞清楚真相之前，他不知道什么条件是"真"。现在，他要做的就是把这个"真"藏在代码里。

周扬需要一个故事，一个讲起来可信的故事，能够骗过"虫子"，让它们读取这段指令，运行代码，然后自动关闭。

一旦关闭，这些光敏蛋白将进入休眠，成为人类身体里的一段垃圾基因。我们身体里有如此之多的垃圾基因，人们对它们的由来一无所知。至少这一次，我们知道这段垃圾基因来自火星。

语句1

如果真（坠毁）跳出循环

语句2

如果真（能源）跳出循环

语句3

如果真（救援）跳出循环

语句4

如果真（火星）跳出循环

……

只要使用特定的光波照射，"虫子"们就会开始运行这条代码。当它们迷失在似曾相识的故事里，"火星"这个条件就会突然跳出来。

判断为真。

跳出循环。

Game Over。

周扬现在已经知道了光波频率和代码指令，万事俱备。

他扭头看了一眼顾夕。

顾夕正抱着双臂站在值班室的窗户边，看着外面空荡荡的泥路。泥路延伸向遥远的天边，野草在风中摇曳。

她只是来寻找突然失踪的丈夫，没想到却翻出了宇宙洪荒中的一个秘密。

周扬走到顾夕身边，轻声说："都弄好了。"

顾夕回过头来，她故作轻松地问："人家天文台可是国家单位，凭什么相信你一个程序员啊？"

周扬笑笑，不置可否。

以纸条上写的同样的频率，发射他写的这段代码，这段光波辐射会从中国青海的德令哈，穿过大气层，射向宇宙深处。在光波所及之处，"虫子"都会纷纷进入休眠。

"接下来怎么办？"顾夕问。

"接下来，"周扬说，"回家。"

顾夕看了看周扬，笑了。

作为一个有知识有文化的已婚妇女，她才不关心什么百战天虫、宇宙奥义。

她来青海找丈夫，丈夫找到了。

现在，是该一起回家了。

DAY 4　4月01日

●VDO 22

赤红色的天空。

周扬坐在镜头左侧，这次的视角应该是顾夕的。

他们穿着臃肿的宇航服，一起坐在绵延到天边的戈壁上，远远近近那些形状各异的风蚀岩宛若出自风神之手。

这是世界的尽头。

也是冷酷的仙境。

顾夕低下头，看到自己戴着手套的双手。

她端详着这双手，觉得是那么陌生，仿佛那不是她的。

周扬牵起顾夕的手，放进自己手心里。

世界倾斜了。

碎裂了。

顾夕突然觉得宇航服的面罩上破开了一条缝，氧气急速地外泄。

很快，一种窒息感让她失去了知觉。

● VDO 23

天空像柔软的蓝丝绒，盖在粗砾的灰蓝色戈壁上。

在如瀑的星光下，天文台的灰色平房和白色天线罩静默着。

突然，天文台的值班室里响起刺耳的警铃声。

小李从平房里一边跑出来，一边朝着站在雪地里的顾夕挥手："快跑！"

小李一脸错愕地从顾夕身边跑过，他不明白她还愣在那里干吗——他用尽吃奶的力气顺着泥路往东跑去。

顾夕看到周扬走出天文台值班室的门，沿着泥路朝自己走来。

皑皑白雪和蓬乱的野草仿佛在夹道欢迎。

周扬身后，是那颗夜幕下反射着月光和星辉的白色圆球。

顾夕站在雪地里，一动不动。

刺耳的警铃声中，她像个等待骑士的公主一样，等待着周扬朝自己走来。

报警器的响声渐渐变成了心电监控的滴滴声。

顾夕在铺着淡蓝色床单的病床上醒了过来。她睁眼看看窗外，夕阳正悬垂在远方的天际线上，从摩天大楼的背后照射出金色的光芒，勾勒出大厦高低起伏的轮廓。收音机里传来断断续续的声音："北京市启动重污染蓝色预警，明日有望空气好转；美国各界批评特朗普对华贸易保护措施；俄就'毒杀双面间谍案'向英法连发24问；菲律宾载5人汽车坠入10米山崖，致中国乘客1死3伤……"

顾夕抬起头，看着灰白色的天花板。天花板上有一块青灰色的印渍晕

染开，形状像只小狗。

她听到床畔传来老宋和大迮儿的声音，两人似乎在讨论着一会儿上哪儿吃饭的事。顾夕扭头，瞄了一眼坐在椅子上正专心玩手机的顾北。她的大脑慢慢清醒过来，眼前的一切终于变成了某种可以被理解的事实——六天前，顾夕的丈夫周扬失踪了。顾夕去了一趟青海，找到了周扬。

一切都像一场梦境。

然而她还是自己回来了。

周扬消失了，不见了，在大西北的那片戈壁上人间蒸发了。

当顾北、老宋和大迮儿开着大货车回来找她时，在路上遇到了小李。按照小李的说法，周扬擅自把一段他自己写的代码，以仪器几乎无法承受的大功率朝着宇宙深处发射了出去。这个举动触发了天文台值班室里的报警器。超剂量的异常光波辐射，带着周扬用密码写成的某种指令，拔地而起，射向夜空。直到7分钟后，天文台自动断电。

等光波辐射过去之后，他们一起回到了野马滩的天文站。在漆黑一片的值班室里，他们只找到了在宇航服里昏迷不醒的顾夕。周扬早已经不知去向。

对顾夕来说，唯一合理的解释就是——她猜错了"虫子"真正的寄生策略。还记得亚马孙雨林里的僵尸蚂蚁吗？爬上树冠并没有完成一次循环，还必须咬住一片向阳的树叶，等待鸟类捕食。鸟吃了蚂蚁，真菌随着鸟类粪便落到林地上，发育，成熟，繁殖，在夜间喷洒孢子，再次寄生到蚂蚁身上，开启新的循环……

人类只是蚂蚁，"虫子"的真正目的，是让人类爬上高高的树冠，暴露在向阳的树叶上，便于被捕食者发现。当那束光波从地球射向宇宙深处，其中的代码已经不再重要了。重要的是，任何一个"捕食者"都能从那束光波追踪到地球的实际坐标。捕食者掠食地球，然后离去，"虫子"的孢子就被散布到了各个星系。在路途中，它需要"蛋白质"宿主供给它养分；而一旦发现合适的行星，它们便在真空的宇宙中被电磁场加速到光速，降落在那些有生命的星球上。

这才是一个完美的闭环。

如果不是这样，它们永远都离不开太阳系。

"虫子"的企图，并非每隔15年向地球喷发一次孢子，而是静静地等待这个星球上的生物发展出文明。

它让他们向往光明，向往星空，向往宇宙的秘密。

它们来到地球，等待了几百万年，终于，这一天来了。

宿主把带有地球坐标的信息向宇宙发射，接下来，"虫子"就只需要静静地等待捕食者的来临。

而这一切和周扬有什么关系呢？

周扬或许有意无意地为"虫子"完成了这样一个完美的闭环。

在德令哈的天文台，他曾答应过要和顾夕一起回家。

他没有做到，唯一的解释就是，他的家不在这里。

不在地球上。

那些带有噪点的画面，不是视频，而是周扬眼中的世界，是他在地球上和顾夕一起生活的记忆。

在光敏蛋白无法寄居的海马体，他把对顾夕的记忆点点滴滴都保留在那里。

Bye。

顾夕很快出院了。

她独自回到家，家里处处都有周扬生活过的气息。

但周扬已经不住在这里了。

她度过了一段悲伤寂寞的时光，直到有一天，当她放了满满一盆洗澡水，走进浴室，突然一怔。

浴室的镜子上，是一个手写的词：

go on

看起来像是曾经有人用手指在镜面上一笔一画反复写下的。

顾夕伸手去触碰那行字迹。隔着玻璃，她的手指和镜中的手指，却永远无法贴在一起。

在那之后，她又去了一次曾经跟周扬一起吃饭的那家餐厅。

这一次，靠玻璃幕墙的餐桌旁，只坐了顾夕一个人。

玻璃幕墙外，华灯初上，银河SOHO流光溢彩。

服务生端上来一道菜，XO酱烩海鱼。

顾夕用刀切开鱼头与鱼身，把鱼头放进自己的盘子。

她拿叉子去拨弄自己盘子里的鱼头，有些索然无味。

张开的鱼嘴里，一只被炸得焦黄的甲虫似的怪虫似乎正盯着她看。那鱼已经没有了舌头，这只怪虫就是它的舌头。

顾夕心里泛起一阵恶心，突然捂住嘴，转身跑向了卫生间。

她撞开卫生间的门，趴在马桶上呕了起来。接着，她按下马桶的冲水按钮，扶着厕所隔间的墙站起来，打开门，走到洗手台前，两手支在黑白大理石台面上，看着镜子里的自己。

顾夕伸出左手理了理头发，然后抬起右手，放在了腹部。

在青海的时候，她竟然没有意识到自己身体里已经孕育着一个生命。

冥冥之中，这是老天的安排。按照产检医生的说法，胎儿也是一种寄生生物，吸食母体的营养，直到呱呱坠地的那一刻。

顾夕转身走出了洗手间。

她重新坐回了餐桌前，抬起头，看向窗外。

餐厅内的大红灯笼映照在玻璃上，显现出天上同时悬着三个红色巨星的奇观。

顾夕看着天空中并不存在的火星，泪水慢慢模糊了眼睛。

她心里释然了。

周扬离开了，她找过了。他没有再回到她的生活，而她必须 go on 下去。

她原谅了周扬，也原谅了自己。

就像地球和火星，在相距最近的那一刻之后，又开始渐渐远离。

有什么关系，这声音，适合的频率，我多么想告诉你……

回忆涌上心头。

"看，周扬！"她曾指着窗户上的幻景对周扬说，"火星！"

"我就是打那儿来的。"

当时，周扬是这么回答的。

　　　　就这样轻易，因为你，
　　　　我也能试着，写一首歌给你听，
　　　　是关于你。
　　　　没什么准备，一张琴，

合着这声音，我只是想告诉你，
我爱着你。
也许有一天我们终究会面对分离，
也许有一天我们会在老地方相遇，
……

——郭顶《想着你》

第七种可能

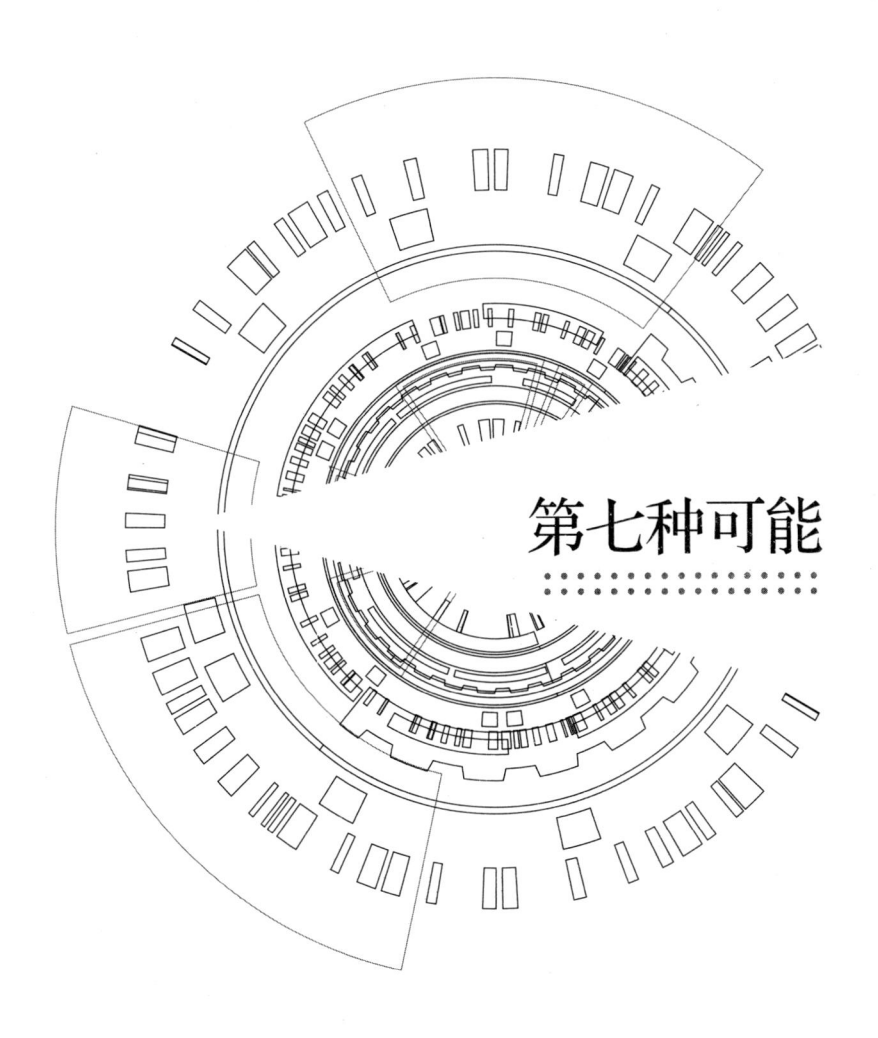

"暴力、政治、阴谋！"主任跳着脚在椭圆形办公室的中央吼道，"不管什么！总之，你们得拿出点有新闻价值的东西来！你们这群笨蛋，高雅的传媒业者，田纳西州新闻界的败类！……天哪，我在说什么……"（几十年来主任总有一个错觉，认为自己曾经漂洋过海到一个叫作田纳西的地方接受过高等教育）

"你们的主任看起来有点气急败坏。"格雷的屁股还放在我跟前的办公桌上，他耸耸肩对我迷人地一笑。

"劳驾尊臀挪一挪，"我一边说一边伸手去抽他屁股底下压着的一叠文件，"也许刚才正有哥斯拉从办公楼外走过呢，他只顾大声嚷嚷，自己却从来不去找新闻……"

"没有新闻就制造新闻！"主任的声音突然炸雷般地在我耳边响起，"程程，你到底打算什么时候动身？"

"羽绒服打折的时候。"我抬起头朝脸色铁青的主任嫣然一笑。

真是不幸之至，中英联合科考队在南极发现了一具相当完整的史前动物遗体，我们报社从领导到职员全部一致赞成派我去采访。英方倒也显得热情，一家老牌科普杂志社的资深记者刚好人在中国，答应和我一起去，顺便带带新手，让我好长点见识。

这人就是格雷，褐色头发，侧脸像极凯文·科斯特纳，眉骨笔挺眼睛深邃与汤姆·克鲁斯有得一拼,举手投足随和而不失稳重,又有老牌杂志资深记者的身份。奇怪这样优秀的家伙居然没被中情局通缉……我越想越悲哀,瞪大双眼盯着面前这家伙,心里暗暗叫苦:这就是差距啊!可怜我才从新闻系毕业,一没长相二没靠山的,往人家跟前一站只能是萤火与日月争辉。

正自默哀,格雷突然伸过手来在我眼前晃了晃:"小姐目光好呆滞,电量不足,请充电。"

"啊?"我回过神来,"不好意思,刚才想事情了。"

机票是今天下午的,先飞墨尔本,再坐车到吉朗,从那里上一艘远洋轮船去南极。为了赶时间,中途还有不少路程是坐蜂鸟型自驾机。听说那种感觉有点像宇宙蛙跳,从这艘船的甲板起飞,跳到另一艘船的甲板,搞不好就遇上个"黑洞"什么的,还有可能掉进海里,想来也不太好玩。天,真够呛。

最可恨的还是在我临走前,主任再次出现,一脸神秘地把上午的话又说了一遍,不过这回语气无限温柔叫人不感动都不行:"程程,我们是有底牌的!你好好努力吧,没有新闻就制造新闻……"

说完主任的一双小眼睛又关切地看了一眼我身边的格雷,这一眼看得意味深长。我趁机顺着他的目光看去,格雷脸上柔和的线条正勾勒出一抹笑意,这个可怜的家伙一定还蒙在鼓里。

第一百三十七次看这张脸时,我们的双脚已经踏上了南极。

海上蛙跳还真没白跳,我们赶上了"出土"的这一刻。凿冰机和铲车在冰面上爬行,履带碾过之处冰笋、冰柱、冰疙瘩都碎成渣子,晶莹地散落。几辆拖车在发动机的巨响中绷紧了钢绳,所有的镁光灯都对准了那块即将破冰而出的物体——终于,它一点一点地被拉出来了。

我看见一个秘密正从这万年的寒冰中一层层地剥离，耳边响彻的却是后工业时代的轰隆噪音。如果是阳光的照耀使这史前的沉睡者醒来，那一切该多么浪漫。可惜四周停满了比冰还冷漠的钢铁机器，挤满了我这样各怀心事的记者……镁光灯齐闪，它终于露出了容颜——

身长九米的庞然大物，隐约的身形完整地尘封在冰块之中。榔头、凿子和鹤嘴镐此时都显得一无是处，激光切割机正熔断它脸上坚固的冰雪面纱，那强健的下颚在融冰之下慢慢地显现出来了，棕黄色的皮肤仍然凹凸有致，仿佛它真的只是睡死在了一个千万年的梦里，现在随时可以醒来。

"禽龙。"我小声说。

"打个赌如何？"格雷站在我身边，选择着拍摄角度，嘴角扬起笑意，"我敢说这是一头棱齿龙。要知道禽龙如果长期没有进食，就会有种高温物质由腮腺产生，从眼中流出。这位朋友的腮部看上去似乎没有什么特别。"

"禽龙。鸟臀目，角足亚目，跟棱齿龙很接近，但的确是头禽龙。"我暗暗较上真了，前阵子的恶补可不能白搭。

格雷略带吃惊，他的嘴角漾起一抹皱纹，淡淡地问："你怎么知道的？"

"知道就是知道。"其实我哪知道，不过是恶补时资料上说得清清楚楚罢了。

一周后我和格雷在澳洲林肯港的露天海鲜摊上大快朵颐时，电视里正巧重播这一段。解说比前几天更为完善了。

"沉睡冰下6500万年之久的神秘客人终于再现于世人眼前。我们可以看到这是一头身长约9米的禽龙，曾经生活在白垩纪的低洼沼泽中。下一组镜头中我们将看到激光切割机熔开表层的冰块，它的皮肤将暴露在镜头下，同6500万年前相比几乎没有改变……"

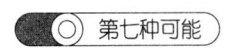

我得胜似的啜了一口冰镇果汁,看着对面的格雷掏腰包付账。

突然手机响了。

"程程!"主任的声音在海鲜摊的腥香中不留情面地炸开,"你发回来的报道根本就不能用!你是怎么跟人家学的?格雷的那篇报道反响很大,而我们的报纸仍然在坐冷板凳!你这个笨丫头,高雅的传媒业者,田纳西州新闻界的败类!……天哪,我在说什么……"

我有些委屈地看了格雷一眼,这个家伙不明就里,还在夸张地做出一副沮丧的样子拍拍自己的钱包以示打赌失败。

"我教过你多少回了,"主任大约是到了更年期,一唠叨起来就如滔滔江水绵绵不绝没完没了,"你看看我们的同行,也就是我们亲爱的朋友格雷,人家的报道那个全面深刻有见地啊……"

"主任,"我小心翼翼地打断这位过早跨入中老年行列的男人,"这可是国际长途……"

"我当然知道,"他抓紧时间咽下一口唾沫说,"总而言之,你就是编也要编出个惊爆性的报道。你老爸不是法医吗?……啊?……我知道法医解剖的是人,我的意思是,人和恐龙,换了张脸不就一回事嘛。你到过现场,看过尸体,现在就给我写篇刺激点的悬念小说!我们要的是惊爆性新闻!事实不是新闻,悬念小说才是新闻!另外,不到万不得已,不要露出我们的底牌,明白?"

"明白。"我呆若木鸡地点了一下头,感觉自己有点像接头特务。

我连夜把报道重新写了一遍,完全是胡编乱造,结果居然通过了,而且刊出来以后反响热烈,就连放在超市里的报纸也被抢光了。报社同事们现在忙开了锅,据说这份跟主任一起坐了数十年冷板凳的报纸终于要上市了。

会说话的死者

【2003/2/28雨城快讯】今天，地球上曾经生活过的一个古老种族的历史将得到进一步澄清。中英联合科考队在南极洲的冰盖下发掘出一具完整的禽龙遗体，共同将其命名为S，并成功地提取了它的虹膜和组织切片。这头禽龙是迄今为止发现过的最为完整的一具史前动物遗体，科学家甚至发现，在实验室中还能激活其某一部分细胞。S不仅成为生物史及探险史上的伟大奇迹，还幸运地成为古老动物当中第一个高科技侦破手段的受益者——也就是侦探小说中所说的"会说话的死者"。

由于以往只有化石可供研究，因而对恐龙的感觉器官的很多认识还只是猜测，而这头禽龙却为我们的研究者提供了举世无双的"活体"研究对象，科学家们终于找到了关于恐龙双重视觉的证明。长在头部两侧的双眼向大脑传递着两种不同的立体图像，这意味着它看到的世界与人类所看到的是近似的。然而研究者同时也发现，恐龙的视觉结构存在明显的缺陷，它们眼中的世界是黑白的，准确一点来讲，是八级灰度。

侦破学中有一种"视网膜暂留"技术，即通过一定的技术手段获得死者的视网膜成像，从而认定凶手。S的视网膜最后成像是一组乱码式的画面，加上八级灰度的层次难以区分，研究者正在实验室中做进一步的"解码"处理。

据知情人士透露，S眼中对这个世界的最后一瞥很可能是无尽的水世界。浓雾弥漫的沼泽、越来越高的积水，一头禽龙躲藏在茂盛的草木丛中，从天而降的大雨像透明的触手一样肆意地爬过它体表棕黄色的皮肤。这就是S——这个沉默的死者——用它那不

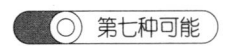

安的眼睛试图向我们描述的一个末日的世界。它在绝望地等待着洪水最后淹没全球。

6500万年前一个统治了地球1.6亿年之久的古老种族终于走到了她神秘的终点。今天，S将打破这个种族以化石形式所一直保持的沉默，用它那重新睁开的双眼向我们揭开生命进化史上最大的谜团。

"你提供了一种不错的可能，"一周之后格雷在ICQ上对我说，"你的那篇报道我看了。顺便说一下，恐龙的确是色盲，不过是偏灰绿色，而且是十六级灰度，这样成像更有层次感。要是像你说的，眼里是一片乱码的世界，那恐龙早就完蛋了，况且事实上它们的夜视能力是很不错的。"

"哦？子非龙，怎么知道恐龙是不是色盲？那个是我瞎猜的罢了。"

"猜的？"他岔开话题，还打出个笑脸，"看得出来你还有点侦探底子。"

"过奖，"我得意地回答道，"家父是法医，'视网膜暂留'是他给支的招儿。"

"可是傻丫头，"那边不客气地说，"既然死于洪水，那么尸体早在6500万年前就该腐烂了。在解决好恐龙灭绝的原因之前，首先应该解决的是S新鲜如初的原因。"

我蓦地愣了一下，不愧是前辈级的人物，真是一针见血啊……不过，我仍然不甘心地回应道："《圣经·创世纪》里头有诺亚方舟的故事，在出土的苏美尔泥版文书上也有对大洪水的记载，另外秘鲁印第安人的传说讲整个村庄一夜之间就给毁灭了，大水一直淹没了高山，巴比伦人的神话里不也有贝尔神恼怒世人，决定发洪水毁灭人类的故事吗？中国古代的神话中这样的例子就更多了，从精卫到伏羲……上古时代一定曾经爆发过全

球性的大洪水!"

"天,"他显然吃了一惊,"你那脑瓜里到底装进了些什么?"

我正要为扳回一局而扬扬得意,那边又噼里啪啦地发信息过来穷追猛打了:"这些故事都是人类文明的范畴,跟恐龙灭绝完全是两回事。难道没人告诉过你白垩纪晚期并非滔滔洪灾肆虐的世界,而是在经历着一场空前绝后的大海退?激烈的地质变迁使海底的山脉隆起为巨大的山峰,海水退往世界的低洼处,水退后露出大面积的陆地,于是气候变得糟糕起来。大陆性气候可不适合恐龙的脾气,四季狰狞地更替,早晚温差日益明显,对于像恐龙这样身躯庞大的动物,一切都变得致命起来……"

"这么说,应该是这样的:海退和大陆性气候的巨变导致了恐龙灭绝?"我装出一副足够谦虚的样子,循循善诱。

"至少不少科学家这么认为。"

那边已差不多上钩。

"可是,据我所知,这里有许多证据证明恐龙是温血动物,既然如此,它们根本就不可能因为温差加剧而集体灭亡。"

"爬行动物都是冷血的,这是一般常识。"

哼哼,无谓的反抗。

"虽然恐龙是爬行动物,但它们的骨骼更接近哺乳动物,化石骨骼切面中的血管密度就是一个证明。看看奔龙,那么迅猛的奔跑,它的生活方式完全是温血动物的。要知道像蜥蜴这样的冷血爬行动物如果不能在五分钟之内从一处荫蔽跑到下一处荫蔽,就会暴毙在烈日下,死得很难看。"

"这么说你觉得恐龙是温血的?"

哈,快要投降了吧?

"当然。腕龙的脑袋离地可有十五米高,想想看,血液从心脏到达那个高高在上的脑袋,得需要多高的血压?对于冷血动物那脆弱的肺脏来说,如此高的血压绝对是致命的——好在恐龙有着一个跟温血动物相似的'压力系统'。"

"优秀,"格雷开始变得心平气和,"那么,你来告诉我,这些温血动物是怎样从地球上消失的?"

我差点没从椅子上摔下去。真真是前辈级啊,把问题往我跟前一推,情势立马就扭转了,这一招须潜心学习。

"那么,"我以不变应万变拿废话作答说,"这里一定还有第三种可能……"

"你说得对,"他安慰我道,"一定还有第三种可能。"

这个家伙!

"也许 S 距今的时间并不像我们想象的那么长。"他又补了一句。

"什么意思?"我紧张地问,好在他看不到我的表情。难道这个家伙知道了什么?他看上去蛮聪明的样子,难道他已经窥见了那张"底牌"?……

那边却匆匆下线了,可恶!这个家伙一定是脑子里什么地方被我打开了窍了。后来那篇使他声名大振的"Slipior's Story"据说就是在这一天开始动笔的。不过还好,问题露出的冰山一角被他错误地引向了另一个方向。

斯利皮尔的故事(中译版)

作为一名资深记者,在我的采写生涯中还从未遇到过像S的出土这样振奋人心的事情。几天前,中、英、美、法、日五国实验小组又惊爆消息说:这位沉睡者并非一头"真正"的禽龙!

由于比较解剖学和胚胎学一直以来在对像恐龙这样的史前动物的研究领域中没有发挥的空间,化石研究已经成为该领域中最

具权威性的研究方法。然而S奇迹性的出土却提供了一种新的可能——挑战化石这种经典生物学权威。更令人没有想到的是，通过与现有的化石资料相比较，古生物学家们甚至不能肯定S就是我们已经认识的"禽龙"。

自19世纪人们在欧洲采集到第一批恐龙化石起，禽龙的面孔就在这个庞大的恐龙家族中变得越来越清晰。然而S的出现却使古生物学家们重新陷入谜团，如同当初面对这一两足行走的草食性动物时一样。1809年，人们曾发现过禽龙胫骨，但直到20世纪70年代末才敢证实其属于禽龙。今天，S的身份也难倒了实验室中的科学家们——首先是它用于咀嚼食物的牙齿似乎显得过于平坦，已有的化石都证明由于咀嚼针叶树和苏铁的嫩枝，禽龙的牙齿边缘应是呈脊状凸起的。其次是禽龙类所具有的那著名的"第一指"，S的第一指已经从巨大的钉状骨质"退化"为了一个象征性的骨质凸起。种种迹象表明，它不是一头"纯粹"的禽龙，至少不是人类已有资料中的。

难道是禽龙科中的一种新属，或者是已知禽龙的变种？

一个古老的事件为我们提供了一种可能的解释。

那就是联合大陆的漂移。

来自五国实验小组的科学家们组成了一个前所未有的强势阵营，引入了古生态学、古生物地理学、古地理学、古气候学和沉积学，共同为我们重现了这一可能是如何完成的——这就是S的故事。

所有的恐龙都是从大约2.25亿年前的三叠纪晚期的槽齿类动物演化而来的。当时所有的大陆都连接在一起，这片干旱炎热的陆地被称为"超级联合大陆"。到了侏罗纪早期，联合大陆开始解体，分裂为北边的劳亚大陆和南边的岗瓦纳大陆。海洋沿着断裂线涌入，湿润的气候使恐龙家族开始繁荣，从此生生不息1.6亿年之久。到了白垩纪，禽龙出现，它们生活在各分裂板块的低洼沼泽中。其中一个板块向南漂移，成了后来的南极大陆。在这一过程中，S家族的兴衰史开始上演。

当南极大陆逐渐漂移，气候开始变冷，生活在这块大陆的几种白垩纪小型恐龙也逐渐走向了灭绝。而体形庞大的草食性动物禽龙却存活了下来，依靠地衣和苔藓生活在这个没有天敌但却孤独寒冷的世界里。这也就解释了为什么S的白齿与拇指发生了微妙的变化。地质史上对一股暖流的记载为此提供了佐证，暖流成为禽龙家族退守世界尽头的最后一条生命线。而随着暖流的改道，这个古老的种族终于也走到了她的终点，族类相继死去。S艰难地挣扎着存活了下来，直至有一天，它也一头栽倒在了冰山脚下，最终为崩塌的冰块覆盖。直到今天，这个沉睡者被地球新的统治者惊醒，重新露出了它冷藏于冰下数千万年的容颜。

也许这个假设有些冒险，然而大陆漂移假想的提出以及暖流的历史记录却为它提供了一种成为可能的保证。20世纪60年代造成古生物学发生重大变化的"生物与地球协同演化"的观点也与S的故事相互印证。活动论代替固定论，正是这一猜想提出的理论基础。

无论如何，S已经从它数千万年的旧梦中醒来，发生在它身上的古老故事也将随着五国实验小组的努力而再现于世人眼前。无论是作为个人，还是代表我所工作的这本严肃的自然科学杂志，我都将积极关注实验室中的进展，并与广大读者一起期待着谜团的最终破解。

瞧，犯错都犯得这么高明！魏格纳他老人家如果泉下有知，定会大呼知音难求了。当年老先生为了证明自己的大陆漂移说，搬出了南美洲和非洲共有的古生物作为证据。而今天格雷他老人家为了讲述S的故事，居然搬出了大陆漂移假说来证明他那套奇谈怪论。疯子才会相信一头恐龙在南极洲这种地方居然比别的地方的恐龙多活了不少年。玩理论有什么了不起？我也知道那个种豌豆的孟德尔嘛。

为了灭灭格雷的威风（其实我哪有这胆，主要还是被主任给逼的），我开始走传统路线。其实我发现虽然我是写街头新闻的，格雷玩的是正统科学，但我们俩好像合计好了似的把真相往歪道上引，区别仅仅在于他看上去还算像科学，我的一看就知道是瞎编。不过这也无可厚非，我们那报纸是大众都市小报，比不得人家这本"严肃的自然科学杂志"，只好考虑目标市场，顺着大众口味走。写下新的一篇《雨城快讯》时，我羞得快要学鸵鸟把脸埋进沙堆里去了。等东西上版发样，我都忍不住要骂一句"咱们这些田纳西州新闻界的败类"了。后来一想人家田纳西州跟咱隔了不止一个太平洋的距离，不沾面儿不沾边儿的，这么挨骂实在有点冤。好在报纸出来后又是一阵热销，全社上下整天都喜气洋洋的。我成了炙手可热的记者，现在前途大好，忙里忙外，上街都戴墨镜（这个是出于自愿）。这天正要出门，突然接到了格雷的电话，他被雨城交通局扣留了。

事情很简单，格雷在一个岔路口闯了红灯出了事故。从这一点来看，他可真是个不折不扣的粗心鬼，雨城的红绿灯排列顺序跟别的地方是不一样的。

从交通局出来，天空开始飘雨。他的车要明天才能取，我们只好坐公共汽车。雨拍到玻璃窗上，汇成一股股透明的"触角"。窗外的街道模糊起来。

格雷的眉头紧紧地锁着,沉静得像一座溺水的石像。他突然开口道:"我劝你别再插手S的事情了。"我笑着扬扬下巴,不去看他。

雨城是座永远下雨的城市,那这里在一亿多年前是什么样子?火山频繁地喷发,大量二氧化碳飘浮在空中;板块漂移使大陆重新分布,聚集在赤道周围的热量得以通过暖流输送到世界的各个角落;整个地球的平均气温高出现在7℃多……于是雨城如果存在,一定也是一座火焰般滚烫的城市吧。

可是现在,夜里的雨城是冷的。

格雷的声音像是从雨幕深处传来:"这件事没表面上看起来那么简单,你最好放手。"

"什么意思?"

"你以为只是我今天闯了红灯那么简单?几天来一直有群家伙在找我的麻烦,我想这可能跟S的报道有关。所以,为了安全起见奉劝你别再管什么恐龙灭绝了。"

难道格雷接近真相了?所以他们才会找他的麻烦……

我看着眼前这个家伙,有点替他担心起来。

"猜猜看,"我故意问道,"这一回我的那篇东西里又拉上了哪个倒霉蛋来给恐龙陪葬?"

"小行星?"

真敬业啊,都这种关头了,一提恐龙又来了精神。

"还是你聪明啊!不过话说回来,也可以说是恐龙给小行星陪葬。"

"嗯,"他想了一下又继续说,"1967年就已经提出的'集群灭绝说'。"

我扭头对他笑了笑,车到站了,是海边。我们下了车,格雷还在自言

自语:"第四种可能……"

我在赶那篇东西的时候头都大了,痕量元素铱的异常、稳定同位素的异常、微球粒、冲击石英、陨石坑……"星体撞击说"太常见,搞不好读者当中隔天就冒出好些专家来,不砸点艰深术语难以服众。

当月亮从云层背后出现,我们爬上了一座被月光覆盖的岩石的顶部,这里曾经有个燕鸥窝,我想带格雷看看。

岩石投下的阴影像一群瑟缩的小兽,海在脚下呜咽。

我到处寻找鸟窝的位置,一无所获。正有些丧气,格雷突然伸手把我往后一揽。还好我思路清晰、身手敏捷,很快站定,有效防止了就势入怀的发生,扭头望着他。

月光是神奇的东西。格雷的双眼此刻深陷在眼眶中,那里闪烁着两汪神秘的湖泊。他脸部的线条更加柔和了,下巴正对着我喘息未定的鼻尖。

乖乖,气氛可真够暧昧的。

不不不,我们只有工作关系,我对自己说,镇定镇定,哎呀嘴唇不要抖啊。

海风吹过岩石的顶部,我的发丝一缕一缕飞起,拂过格雷月光下的脸。

我有些眩晕,等待着发生点什么。

终于,他开口道:

"小心……你脚下的蛋。"

我往脚下一看,乱石嶙峋的缝中,三枚洁白晶莹的蛋挨挨挤挤地躺着,我刚才跑来跑去寻找时竟然没有发现它们,格雷的夜视力还真够好的。

"格雷!"反应过来是怎么一回事之后,我咬牙切齿地大声嚷道。

"怎么?"他还是一副好好先生的样子。得,都怪我自作多情。

还好这些可爱的蛋又让我很快变得开心起来。上回发现这个窝时,燕鸥夫妇还没有小宝宝呢。

格雷蹲下来,他的脸凑得那么低,鼻尖都快触上蛋壳了,海涛声中他的声音听上去像电影独白:"如果有别的动物吃掉了蛋,或是蛋本身出了一点小小的纰漏,或者燕鸥孵化失败,再或者这个海湾被污染了……那么,这里的燕鸥就会慢慢绝迹的。"

"乌鸦嘴!"我抗议道。

"万一这第五种可能是真的呢?"他盯着我,开始变得有点神经质,"如果小型哺乳动物在白垩纪末期靠偷吃恐龙蛋为生,或者恐龙种族衰退,蛋的孵化失败,再或者瘟疫或是有害气体弥漫……想想看——任何一点小小的错误发生在恐龙蛋上,对整个种族都将是致命的。"

这个可怜的家伙,他还蒙在鼓里。

他的确很厉害,但是,他被欺骗了。

格雷甩开鞋子在岩石上跑起来。他光着脚丫子兴奋地从岩石的这边跳到那边。

"格雷,"我有些不忍地打断他这疯狂的庆祝,不知道从什么时候开始,我有些在乎这家伙了,"你难道没想过,也许这一切不过是个骗局?"

他没有停下,依然在月光下的岩石上兴奋地奔跑着,围着我兜圈子。

"笨蛋,"我终于忍不住大声喊起来,"S,它只是一个骗局。想想它带给那帮科学家的疑惑,它身上的疑点暴露得越来越多了,你怎么就没好好想过这一个问题呢?"

格雷猛然停了下来,他瞪大眼睛看着我。

是的,从一开始,这就是一个骗局。我们不过在其中推波助澜而已。也许过不了多久,他自己就会把种种疑点串起来并发现那个真相,但是现在,那些人已经找上门来了。

格雷很聪明，他应该能够明白这回事。

"不可能……"他摇着头，嘴唇喃喃地嚅动着。

"没什么是不可能的，"我继续冲他喊道，"说不定某天一觉醒来，你发现自己原来也可以是头恐龙……"我还没有说完，嘴已经被堵住了。格雷把我紧紧地搂在怀里，他的嘴唇很烫，他开始哭得像个孩子。

我有点后悔告诉他这个了。

第六种可能，整个事件的真相，报社的那张"底牌"——S是在实验室中合成的动物。幕后的投资者是谁我也不知道，不过他的下一步动作就是出资购买S的细胞，借五国实验小组的名义克隆出"禽龙"，建造一个真正的恐龙主题公园——白垩纪公园。比起这个更大的骗局，我们报社从这场联合阴谋中发的那点小财简直就不值一提。主题公园将成为这个世纪开端最轰动的事件，成千上万的游客将涌向这座恐龙公园，一睹地球上6500万年前的那位访客的容颜。

人们将目睹那些身长九米的庞然大物在一亿年后的今天安然行走在阳光下，它们强健的下颚在咀嚼时发出沙沙的声响，棕黄色的皮肤凹凸有致，奇异的"第一指"如同传说中的那般模样。

然而这一切都不是真的。S不是一头真正的禽龙。

真正的禽龙早在6500万年前就已经神秘地消失了。

格雷原先并不知道，不管他如何猜测都只是徒劳。骗局已经注定，他不过是行走在整个事件表面的一枚棋子。

当他以为找到了一个谜团的答案，当他以为已经穷尽了所有的可能，却终于得知，这一切不过是场骗局。S并不是来自那个古老王朝的幸存者，而只是在投资商的资助下从实验室中造出的一个玩偶。

格雷的眼泪从他的眼窝中流到我的脸上，他很难相信这第六种可能竟是真的。

"很抱歉,格雷,"我艰难地说,"事情一旦开始运转,就根本无法挽回了,只能这样走下去。报社的下一篇关于主题公园动土兴建的报道还是得由我来写。对于任何一个严肃的人来说,恐龙灭绝的秘密将仍旧只是个秘密。"

格雷什么也没有说,我被圈在他有力的臂弯中不能动弹,腰间被他搂住我的手搁得生痛。

"你的手表搁到我了。"我尽量温柔地对他说。

"我从来不戴手表。"

"什么?"我伸手顺着他温暖的胳膊摸索,一直摸到他右手的拇指,一个念头闪过心间,我不禁微微一颤。

格雷的拇指,徒剩一块骨质突起。

"这里还有第七种可能,"他语气温和地捧着我的脸说,"虽然我眼中的世界是单调的灰绿色,但仍然能够从你脸上看见姑娘羞涩的神情。不过亲爱的,这儿还有个非常重要的问题——我今天还没吃过一顿饭,难怪腮里会有东西分泌出来流出眼眶了。"

一个月后,全球各大媒体都投身到了对主题公园的关注之中。

而一篇作者不详的严肃论文却被公众忽略,成为另一个将被永久埋葬的秘密。

达尔文主义:经典与背叛

一直以来,各个学科领域内的经典学说总是随着学科体系的不断完善而受到挑战。20世纪下半叶,生物学界信奉达100多年的经典学说达尔文主义就遭到了来自大灭绝事件所引发的一系列新

理论研究成果的冲击。

我们知道，达尔文学说的主要论点是：共祖、渐变和自然选择。然而，灾变论的提出却有力地质疑了渐变论。另一方面，在分子进化领域中，自然选择的观点也遭到了来自中性进化学说的挑战。这一领域的专家认为，自然选择并非分子水平进化的主要动力，而是中性突变基因的随机固定造成了分子水平上物种间和物种内的变异。

这一本应引起整个生物界巨大反响的理论却由于没有找到一个足够轰动的物证而一直沉寂。

今天，对大灭绝事件的进一步认识将再度与中性进化学说相互印证。也许某一天，人类将惊奇地发现——达尔文错了！生物的宏演化模式并非渐变和自然选择，而是大爆发、大灭绝、复苏、大辐射的循环。而达尔文的"共祖"理论却可能在这样一种不可思议的情况下被证实是正确的——也许，人类与恐龙有着来自大洋深处的共同祖先。更为大胆的推测是，恐龙并未消失，而是以一种新的生物形态存活在地球上。至少，我们不得不承认地球从来都是所有生物共同的家园。

我们研究的突破口也对准了恐龙灭绝的谜团。相信随着理论的完善和物证的发现，达尔文主义的经典地位将再次遭到人类想象范围之外的某种事实的挑战。

如果有一天，你发现身边的朋友原来是一支潜伏在人类当中，由6500万年前早已"灭绝"的恐龙突变而来的适应性"人种"中的一员，请不要惊讶。生物与地球协同演化的历史是何其悠久，谜团是何其繁杂，而这其中，又蕴涵了多么无限的可能？

西天

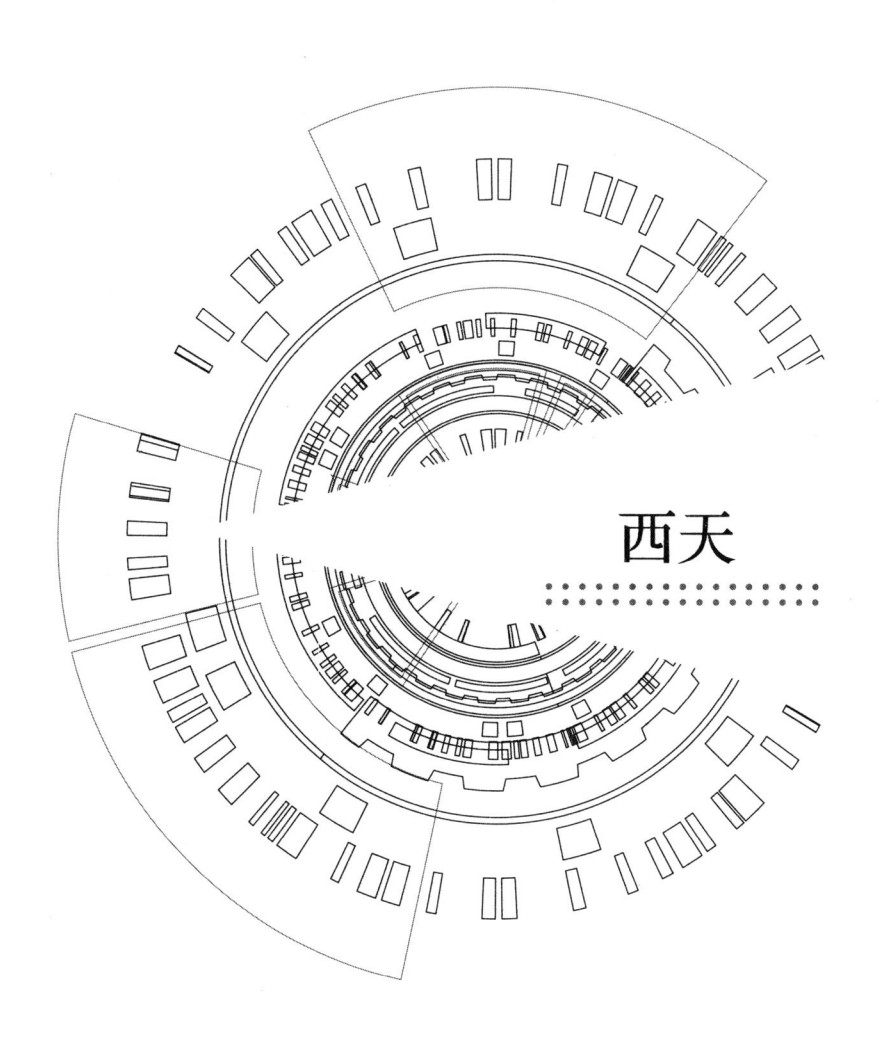

我从一只猿的梦中惊醒。

通天的火光还在眼底沸腾,那个庞大的燃烧物划破西天时隆隆的声响还回荡在耳际。

丛林,我的丛林,湮灭于这一瞬间刺目的光明。

希伯来文里,《圣经》中所说的"上帝"不过是"从天而降的人"的复数形。

玛雅人精通天文,拥有可以维持四亿年的历法,却只存在了几千年便突然消失。他们怎么会有这样奇特的时间观?

佛说:西天自在吾心。

鲂卜原始森林　百年孤寂

猎犬深棕的四蹄急急地踏过斑斓的落叶,丛林里弥漫开一种令人兴奋的气息。探照灯刺穿终年不散的乳白色雾气,鼎沸的人声从雾气中传来。

"把狗都带走!"霍夫曼博士大声地说道,"都带走!快点!我可不想它们吓着了我的宝贝!"

而事实上,即使没有一条狗在这里,情况也已经变得乱糟糟的了。

探测和开路的机器在嗡嗡作响,工作人员手忙脚乱;雾气仍未散去,浓雾深处似乎有某种东西使这群训练有素的发掘者感到隐隐的不安。

"博士,"一个声音说道,"来看看这个……"

那是他们为数众多的探测仪显示器中的一个。屏幕上是个模糊的影子,像一头陷在网里的巨大犀牛。

"它有三分之二扎进了土里,三分之一暴露在外,如果是史前生物的残骸,地表部分应该早就不存在了……"

博士的目光从显示屏移向浓雾的深处,参差的丛林植物时隐时现,仿佛缠绕成一条通往那黑洞洞的未知领域的隧道。

最后他决定,自己亲自去看看。

阳光从头顶落下,由于太多枝叶的遮挡,落到底层时已经变得微弱而且寒冷。但湿气却又让人感到闷热,于是在这奇特的光和影之间,人如入虚境。

"我发誓我没有看花眼……"当雾仿佛自动消散在他到来的这一刻时,博士难以自禁地低喃出了声。

无数的藤蔓植物爬行于这参天的巨物之躯,先行投放的两个自动探测仪倚在它身下如两棵不起眼的小草。斑斑黑迹从植物的藤条中隐现,它沉默的头颅昂首向天,折断的大角依旧倔强地刺向天空。

博士的步子有些踉跄,空气中无声的鼓点悄然传递,浓雾又重新开始聚集,一切变得不可理喻。他扒开一堆藤条,开始神经质地来回擦拭那些古老的锈迹。

"西天一号"。

这是他看到的第一个信息。他的瞳孔不自觉地猛然放大,西天?……接下来,他痉挛的手触摸到了这样的字眼"中国制造"。

"不可能……"这是霍夫曼博士此时唯一想说的话。

他也只能这么对自己说了。因为所有的探测指标都证明——面前的巨物已经在此沉睡了几百万年。

尤卡坦半岛　告别彻琴

灰白的石阶。

内嵌的旋梯。

雨神石像。

巍峨的彻琴天文台。一只麻雀蹲在它残缺的一角,带着君临天下的神态。

这是我童年的家园。只有回到这里,我才能变回那个安静的孩子。忘记城市、水泥森林、嚼舌的搭档,以及自己丛林动物般的不安。

彻琴西南200米处有个世界上最安静的地方。9月,今天我带的是草莓。长眠在这里的这个女人有着最简单的信仰,她甚至不认识金星,却深信她的丈夫关于宇宙的所有猜测。

作为她的儿子,我却往往对父亲的观点表现出叛逆。他是个不错的神父,却算不上好的天文学家。

"我现在还记得你小时候半夜独自跑上天文台看星星的样子。"不知不觉间父亲已经站在我身后。

"有许多星星……太多了……"

"你总是到了最后就睡着在露台上，还流口水。"父亲笑起来。我的目光落在草莓上，丛林的气息从那里滴落，16年前的那个夏天好像又鲜活地回来了。"记得你的涂鸦吗？还留在桃木糖盒上，你画的是彻琴外墙长有翅膀的人的图像……"

"可我把他的脸画成了米汀……"我也不禁笑了起来。

16年前我离开了这里，回到北京。那时我11岁，有一个叫米汀的好朋友。它是墨西哥一种特有的猿类，可能与猩猩的白化有关——全身是漂亮的金色！我们一起离开了彻琴，我开始了自己令人厌倦的城市生活，它则被送到西昌太空总部参与一个庞大的探索外太空的计划。半年后，这个庞大的计划迈出了第一步——"西天一号"发射了。米汀也在上面。它是被选中的众多参与实验的生物之一。

你不能总是拥有它们。

16年前，当我依依不舍地离开彻琴时，父亲这样对我说。

我的丛林，我的米汀，我的彻琴。

但我不能总是拥有它们。

就像16年前。就像现在。

命运是一条有迹可循的曲线，正如我注定是那个庞大计划的一部分。

也许就像父亲说的，我注定为这个计划而生。当我出生时，一睁眼便是满布苍穹的灿烂群星。其中一颗的星光很微弱，但它是彻琴几千年来凝望的中心。为什么彻琴不瞄准最亮的星星，这一直是一个谜。那颗暗淡的星球遥遥地注视着我在这个古老的天文台里出生、成长、离开，目光穿越了80万光年却始终如一。

11岁那年我问父亲："当我们抬头望向天空最暗的地方时，我们看见的是不是星星还没出生时的样子？"

第二天我便得到了回答。他把我送回北京，在一所主修天文的学校里学习，一切都在为"西天"计划做准备。

可是随着"西天一号"的离开，这个计划便逐渐走向沉寂。米汀再也没有回来。

它离开时，脖子上还挂着我的项链。

那是16年前离开彻琴时我带走的两件东西之一。另一件是桃木糖盒子。这两样东西都是我从彻琴台基底下的罅隙中挖出来的。或者它们本来来历不明，但我童年的记忆的确如此。

项链是金色的，椭圆链坠里有彻琴天文台的微雕模型——这是我和米汀的秘密。所以它离开时我把项链给了它，警告它说：

"你要乖乖地回来，然后把项链还给我……"

可是它再也没有回来。

现在我来告别，因为不久我就要参与到计划的第二步中去，"西天二号"将按16年前一样的路径前进，目的地便是注视了彻琴几十个世纪的那颗暗星旁一颗标为T29415的行星。也就是说，不久我就能亲手触摸到"西天一号"经历过的真相。

"记得把桃木糖盒带上，"父亲把手搭在我的肩膀上说，"我喜欢这盒子，等你带着它回来。"

这次道别，是我们唯一一次没有在母亲面前争吵。

尤卡坦半岛　风吹皱星星

没有什么比星空更能唤起人内心的崇敬。

当众神的宫殿被黑幕所笼罩,当人间与天上如此遥远地间隔开,当闪烁的群星如牛奶般倾倒在银河里……当一些人发现了深藏在闪烁背后的秘密。

三个台基已经建好了,石条正从遥远的地方运来,一点一点地累积出阶梯和圆形的四壁。

燃起的篝火前,祭司整夜地舞蹈,嘴里吟喃着对神迹的惊叹,火光映照出他脸上带着红晕的惶恐。

部族中眼力好的人已经从夜空中确认了这样的信息:一颗星星总是如神般从天空俯视着他们,并不时地"眨眼"。祭司已经开始根据神眨眼的规律改进已有的文字——在象形之上标注出方格、环形花纹以及圈圈点点,他们日夜赶造这座天文台,用来更好地倾听神谕。

微弱的星光变幻着,穿越漫长的征途,带着某种神秘的旨意,抵达他们的眼底。就像茫茫夜空中一座遥远的灯塔,就像搁浅的鲸鱼心跳的鼓点,沿着沙滩的边缘微弱地传递了80万光年。

这是公元前10世纪。

T29415　从天而降

只一刹那，钉在天幕上的星星都从细微的点拉伸成了一缕缕线。

跃迁结束了。

通过完全相同的虫洞，我们来到了"西天一号"曾经到达过的地方。驾驶室调整航线，母船进入T29415行星的同步运行轨道。

这是一颗同地球一样蔚蓝的星球。要不是这里的"太阳"有两个，我一定会以为跃迁失败了。风云扭转着漩涡在它的大气层中自由变幻，海洋浩渺，运行安然。只是正因为太像地球，看上去反倒令人不自在。在这个双星系统中，较大的那个"太阳"便是注视着我出生和成长的那颗不起眼的"暗星"。

按计划，"西天二号"要放出三条搜索艇，每条上面有正副驾驶员各一名。我这次的搭档又是土狼，一个不怎么安分的纽约州人。

穿过T29415的大气层时，感觉就像从云端望向凡间。这个世界生机盎然，植物茂盛，氧气充足，而且温度适宜。奇怪的是生物感应器一点反应也没有。

"气氛不对……"土狼哑着嗓子咳嗽了一声。

"可能是距离太远，"我说，"而且咱们这条艇上的生物感应器是刚修好的。"

"你觉得会发现什么？金字塔、麦田圈，或者像纳斯卡巨画那样的涂鸦？"土狼离开他的副驾驶位，走到红外镜前做调试。

"我希望是'欢迎光临'的横幅——最好用中文。"

"等一等，看我发现了什么……"土狼的口气突然变得很兴奋，"城市！天哪，你不会相信这个……'它们'的城市！就在下面！"

下降，下降，城市便近得肉眼可见了。

仿佛有一种鸽哨般辽远的声音震动着这个城市上空的空气，隐隐敲打着我的鼓膜。而事实上，耳机里什么声音也没有。

这是一座风格诡异的城市，建筑物都有着圆锥的身形和刺向天空的尖顶。看起来似乎很眼熟，青灰的色调笼罩着它，陌生而古老。但是它很安静，诡异得没有一丝生气。像沉睡在沙漠腹地的胡杨，留下摸索着伸展向天穹的躯壳，躯壳的内部却早已死去。

"看这些'房子'……"土狼迟疑了一下，"它们看上去就像……就像……'西天'扎了大半截身子在土里！"

我突然也发觉，这些风格诡异的建筑让人别扭的地方正在于此：它们看上去就像是"西天"的前三分之一。

"也许这里是个陷阱。"声讯器里传来另一个队员的声音。

"很显然，这里的'人'一定见到过'西天一号'……'西天一号'在这里遭遇了什么，我们不得而知……很可能我们也会遭遇同样的阴谋。"还有一个跟着说道。

浓雾就是在这时到来的。

不一会儿，城市中心的能见度几乎为零。"到边缘去。"一个队员说。

事情刚好这时发生了——当三条搜索艇驶向城市的边缘时，有两条上的生物感应器骤然响起。

他们连想都没想就匆忙拉升——这是之前的计划——他们甚至没来得及多看一眼这座雾中的城市，就返回母船那里去了。

我们这条艇上的生物感应器一定是坏了，一直很安静。可是直觉告诉我，这座城市的确是座"死城"。

"上升还是下降，这是一个问题。"土狼咧着嘴仰躺在靠背上望着我说。

"向西。"我望向舷窗外一座没有任何建筑物的岛屿。

小西天　神的坐骑降临

雷滚过天边。

它惊恐地跳到一株树上，三只喷火的巨兽从天而降。它躲在一簇如意莲的后面悄悄张望，胸中仿佛有只小鹿在撞。

一切都逃不过我的眼睛——它想——我目睹了神的坐骑降临。

T29415　相遇

"磁力线异常,"土狼捂着擦破皮的头抱怨道,"这该死的岛上有种奇特的磁场。"

"收到。"我从地上爬起来,拍拍身上的草叶,一面解开腰间的紧急降落伞扣。

搜索艇掉在百米开外的地方,刚才失控的时候它就像要被这座岛屿给吸进去了一样。没料到这里竟然存在一个独自封闭的磁场。

"什么声音?"土狼警觉地望了望四周。

"生物感应器,"我说,"现在它正常了。"

"我倒宁愿它是给摔坏了才这样嚷嚷……"土狼的话还没有说完就突然住了口,这对他来说简直是奇迹。

我顺着他紧张的目光向身后望去,在一株不知名的乔木背后,赫然立着一头巨猿!

米汀?

是的,它有着和米汀一样的金色绒毛。但它的眼里是我所陌生的东西——戒备、距离、好奇,还有智慧。

它的腰间系着块金黄的布匹。我不用咬自己的手指也能清醒地意识到这绝不是地球上的猿类。

"别紧张,"我安慰土狼说,"即使它是一只会穿衣服的猿,它也仍

然不过是只猿,应该不难对付……"

接着我就发现这些话语的苍白无力。随着生物感应器频率越来越高的预警,我们四周正聚集起越来越多这样的"会穿衣服的猿"。而且它们不只穿着衣服,手里还拿着武器——石斧、弓箭以及长矛。

"喂,猿类专家,快想想办法,你可是在丛林里生活了十多年!"

"蹲伏或者跪下,别出声,也不要直视它们的眼睛……"我努力回忆过去的经验,但愿这些"猿"跟地球上猿的习性差得不要太远。

于是,众目睽睽之下,两个人类向一群猿顶礼膜拜,诚惶诚恐。

"可怕,"土狼咬牙切齿地说,"记得皮埃尔的《人猿猩球》吗?还以为法国人都爱玩虚的,原来科幻小说都是他妈的预言……"

这时我的眼前突然亮光一闪。

那是一块椭圆形的东西。金色的光芒耀眼夺目。项链!

这么说米汀就在它们当中……

"米汀——"我试着叫了一声。有几只猿不安地走来走去,但它们对这个名字几乎一点反应也没有。

"西天一号"的前期训练中,猿之间对彼此的名字还是比较熟悉的。这可就奇怪了,难道16年间,它们的遗忘速度这么快?

拥有项链的是只苍老的雄猿,满头银发。从它头上的红色丝带和身上的华丽衣着来看,无疑它是这里的首领。

首领在听到我叫"米汀"之后似乎有所反应,此刻正望着我,一副若有所思的样子。忘了才警告过土狼的话,我竟然不由自主地和它对视起来。很遗憾,这样一群绝顶聪明的猿还是不能和我们交流。更遗憾的是,它们一点儿也不通情达理,还让我和土狼跪在原地,我俩一动也不敢动。

不远处的搜索艇那儿传出一阵惊恐的尖声咆哮,骚动立刻从百米开外的地方传到了首领这里。所有的猿都变得紧张起来，原来它们发现了我的桃木糖盒。

没什么大不了的。

我本想这样安慰自己——直到我发现首领的表情显得越来越沉不住气，它看我的眼神开始变得异样，于是我所能做的便只剩下祈祷事情不要变得更糟。

紫禁天文台　光阴的故事

"老实说，在时间面前我还从未感到这样无助过。"霍夫曼博士坐在会客大厅里神色憔悴地低喃。

坐在对面的西昌太空总部的工作人员递给他一杯清茶，语调平缓地说道："我们十分感谢您和您的助手发现了'西天一号'，至于您的疑问，我们通过铀铅测年法测明它已经历了上百万年时间，我想这是不难解释的：时间流逝加快，半衰期相应就会变短。其实由此反推，您的发现还给我们提供了这样一条宝贵的信息：'西天一号'曾到过的T29415行星一定处于一个膨胀系数远小于银河系的环境中。"

博士疑惑地扬起脸庞说："对不起，我只是个考古学家，对天文不太了解。可我还是想知道，16年前才发射升空的'西天一号'在我发现它时怎么会'已经历了上百万年'了？"

"让您糊涂的是时间了。您觉得时间是什么？"

"对一个考古学家而言，时间就是光阴之河中萤火一瞬的闪灭。"

"真是三句话不离本行啊。在我们的概念里，时间是空间运动的一个属性——简单地说，宇宙在不断膨胀，所以时间才会单向流动。但是在整个宇宙尺度上，膨胀系数却不尽相同。比如，假设T29415所处的环境膨胀得特别慢，那么那里的时间就流逝得比地球快。虽然地球上仅过了16年，但是'西天一号'在那里已经历了几百万年。当然，这只是个假设，要计算两地的膨胀速度和物质平均密度还是很困难的。这个推测完全是以您的发现为依据。"

博士放下握着的茶杯，倾身向前道："原来是这样！光阴的造化可真是奇妙啊！"

工作人员微笑着点了点头。

送走博士以后，他往总部打了个电话。

"你的意思是，"电话另一头显得异常严肃，"这16年间'西天一号'上的实验动物有足够的时间进化？你能确定吗？"

"能确定，长官。"

"嗯，这下麻烦大了。"

T29415　穿过骨头抚摸你

"你对那盒子干了什么？"土狼气急败坏地嘟囔着。

"没干什么，就画了只长翅膀的猿。我承认画得有点损害它们的形象，但要知道，那不过是我5岁时的作品。"

首领却没这么轻松，它很郑重地举起盒子，缓缓地指向我和土狼。

土狼皱着眉头问："什么意思？它想把咱们给生吞活剥了吗？也许它在比较谁的头放进盒子里去比较合适。很遗憾，我发现我的头比你的大了那么一点儿。"

"你就不能在临死前安静一秒？"我瞟了一眼这位喋喋不休的搭档，"它在问，谁是盒子的主人。"

很后悔紧急降落时什么也没带在身上，脉冲枪还留在搜索艇里，不然我就完全不必冒险充这回英雄了——

我从地上直起腰来，走向首领，伸出双手接过了盒子。

这一系列简单的动作几乎搞得我精疲力竭。如果能够活着回去，我一定建议太空总部训练课程把这一系列动作定为必修课。

死定了，我闭上眼睛想。

直到那个天籁般的声音出现。当时土狼就猛打了自己两个耳光。这是从首领嘴里说出来的，清清楚楚，一共十一个字：

"我女儿说得没错，你们是神。"

是的，它居然会说话，而且，是中文。

一时间我觉得自己快要支持不住了，整个人像是从里到外在不断融化。成千上万的问号在脑海中旋转，然后汇集成一个硕大无比的惊叹号哽在喉咙，说不出话来。

首领用另一种语言——它们自己的语言，示意其他猿放下武器。它们一定明白了我们是智慧的人类，带着敬畏的神情把双腿发麻的土狼从地上扶了起来。

"米汀说得没错……你们真的来了！"首领紧握着项链说。

我的喉结滚动了好几下，终于能够勉强凑成语言："米汀？你认识米汀？它在哪儿？快带我去见它！"

"好的，请跟我来。"

首领转过身子，拨开丛林繁密的枝叶往深处走去。其他的猿亦步亦趋紧跟着它。如果不是直立行走、穿着衣服、手拿武器，它们真的很像墨西哥土生的白化猿类。然而，正是因为这三点，它们才与地球上的"同类"有着本质上的不同——或者也许，我该使用"他们"这个字眼。

奇花异草簇拥、缠绕着丛林中一种高大的树木。它有弯曲的枝干和如同打坐的莲花般的叶子……大江东去，佛法西来。突然我就记起中国古代那个漫漫西天路上取经的故事。古人只杜撰了一只神奇的猴子就已经够呛，这个心性孤傲、向往自由的家伙与西天的恩怨折腾了无数个五百年——而现在，我正非常荣幸地和一群神奇的猿走在一起。

而且奇怪的是，它们管这儿叫作"小西天"。

"我们的祖先从西天来到这里，他们生儿育女，发展进化，创造了气势恢宏的文明。可是即使在文明的巅峰时刻，他们也没有采取行动回到日夜思念的故乡去。事实上他们完全拥有回家的能力，然而由于某种原因，他们始终没有回去。

"于是他们的目光穿越了80万光年，遥望出发的地方。他们把这里叫作'小西天'，修筑圆锥形的尖顶房子，用西天的语言交流——总之，他们以为只要这样做了，可以忽略掉头顶上多出来的那一颗'太阳'；就不会再忘记自己是怎么来的。然而，毕竟猿是一种自由自在的生物，不习惯于高度的有序文明，当他们完成一项重要的使命之后，就恢复本性了。"

"一项重要的使命?"

"是的,但我们现在的生活已经和过去很不一样了。我们远离城市,重回山林,许多同胞忘记了西天的语言,只有猿群中的首领和祭司还记得。祖先们所发展出的古老文明,实在离现在太久远了。那项使命到底是什么,现在谁也不知道了。"

我还想再问,突然眼前峰回路转、柳暗花明——

一尊石像。

古刹般逼人的气势,高耸入云的金刚之躯。它深凿在一面屏风般的巨岩之中,泛出赭红的颜色。

"我的下巴掉了,"土狼唏嘘不已,"天哪,看它的头——那么高,我的假发也得掉啦!"

它双手抱胸,两腿并立,身后有一对硕大的翅膀,并且,还有一张猿的脸!

"这个……这是……"我想起了桃木糖盒子。父亲可真是个天才,桃木糖盒子!5岁时的涂鸦竟阴差阳错地救了我的命。难怪它们当我是神。

"这就是米汀。"首领说。

这回轮到我的下巴掉下来了。

"你,你弄错了,"我有点语无伦次地瞪着面前这尊石像,"米汀不是石头,它是一只猿,跟你们差不多的猿,明白?"

"不。它是我们的祖先,文明的起源,神话的缔造者。"

"可是……"我一下子蒙了。

"天呐,"土狼又开始大呼小叫了,"这么说'西天一号'上的实验动物是它们的祖先啰? 16年!16年就进化成了这样?"

16年太短暂了。对于一段可以包容文明的兴起与衰退的时间来说，16年实在不够。

我怎么也不敢相信当11岁的男孩长大来到这里的时候，他的朋友已经死去很久，留下一堆沉积在历史底层的石头。

"等等，你之前提到过'一项重要的使命'……"

"是的，虽然我们无法弄明白，但是'米汀'可以告诉你。"

西天二号　玛雅迷雾与时间窃贼

从"西天一号"事件一开始，似乎到处都笼罩着层层迷雾。

舰长此刻正神色严峻地盯着信使——这个有史以来跑得最远的邮差刚刚带着西昌太空总部的急电，从80万光年之外的地球穿越了同样的虫洞匆匆赶来。

"我们的队员的确发现T29415上有文明迹象，"舰长倒背着双手深吸了一口气，"但现在就采取行动未免……况且，还有两名队员在T29415上失踪了。"

"这里有总部的一级指令公章，还有联合国各成员国的集体签名。"信使不动声色地说。

"不能单凭一个神父的几句话就做出这样不合时宜的决定。"舰长眺向舷窗外，那颗水蓝色的星球正在无尽的虚无中安然运转。

"神父花费了毕生心血来研究玛雅文化和世界宗教，某些创见不无道理。他提出这个建议也是相当郑重的——他自己的儿子就是'西天二号'上的队员之一。'西天一号'载着那些经过训练的生物降落在T29415这样适合生存的地方，加上太空总部刚刚根据星系内部万有引力强度和物质平均密度所做的推测——这里的膨胀速度远远慢于银河系，也就是说，短短16年间，它们已经获得了相当于上百万年的时间来进化。您对'西天'计划应该了解，这项庞大的外太空探索计划正是受启于墨西哥尤卡坦半岛上的那座彻琴天文台。据我所知，彻琴是玛雅人于公元前10世纪建造的，它最大的谜在于不瞄准最亮的星星。于是我们才派出'西天一号'来到这颗'害羞'的星星跟前——当然，它是双星系统中的一颗恒星，幸运的是我们由此发现了地球的姊妹星T29415。想想我们对'西天一号'上的乘客所进行过的训练——群居生活与劳动——这是向高等文明进化的两大条件。而第三大条件——语言，出发前已经初步在几只墨西哥土生白化猿的身上试验过了。也许，造化弄人，它们刚好把握住了一切进化的机会……何况，现在你们也亲眼见到了T29415上的城市……"

"这样不好吗？据我所知，'西天'的目的之一不正是要试验猿的进化过程吗？"

"可是……问题在于它们的文明似乎已经发展到了反过来影响人类进程的地步。它们的时间走在了人类历史的前面——也就是说它们似乎可以回到人类的'过去'来干预历史。神父举了一个最简单的例子：《圣经·创世纪》第一章第二十六节里，神说：'我们要照着我们的形象，按着我们的样式造人。'请注意，问题不仅仅在于上帝说话时用了复数——

更关键的是这句话让人可怕地联想到了700万年前，古猿进化成了一种不知名的过渡灵长目动物，而这种神秘的动物最终发展成了人和非洲猿。古生物学家在考证人类从何而来时，这种神秘的过渡灵长目始终是缺失的一环。想想看，为什么是'猿'？"

"什么为什么？"

"为什么是猿而不是其他生物？为什么不是鲸？鲸比猿的脑容量更大，但上帝却选择了猿。因为上帝并非一个孤独的神灵，而是一群来自外太空的——'猿'！所以神说：'我们要照着我们的形象，按着我们的样式造人。'这难道还不够说明问题？"

"也许只是一个巧合。没有证据证明T29415上的猿——如果上面的确有猿的话——就真能走在人类历史的前面。"

"是的，我不得不承认这一点。有一个隐藏在时间背后的窃贼，跟膨胀系数无关，却盗窃了更多的时间——不是面向未来，而是面向过去。"

"无论如何，要'西天二号'现在就采取行动实在是个不太合理的要求。'西天'计划的主旨是尊重进化，而现在却要反过来摧毁文明！"

"但这是命令。如果您还迟迟不能下决心的话，我只好告诉您这个了：神父终于破译了玛雅人的文字。象形、方格、环形花纹都没有什么特别的意义；关键在于他们那奇妙文字莫尔斯密码般的圈圈点点。神父发现，它们一直在记录某种规律性的东西——一颗变星的亮光。而这颗变星，正是——"信使深邃的目光望向窗外，"双星系统中的这颗恒星！"

"你的意思是……"舰长的呼吸变得急促起来。他有些震惊，还没能完全反应过来。

"如果'西天一号'上的猿类真的进化成功，它们的文明很可能达到了这样的程度：它们调整了这个双星系统中的引力结构，使较小的恒星按照某种规律挡在了较大的恒星面前，使之成为一颗'变星'。变星的亮光经过80万光年的漫长征途，在远古时代到达地球。直到玛雅人留意到浩渺宇宙中遥远灯塔般的微弱星光，他们惊为神迹，建立了巨大的天文台，观察这颗恒星，并发展出宗教。然而，随着变星期的结束，以天文台为中心的文明也就湮灭在了丛林中，等待后人的再发现。"

"那么，"舰长开始陷入对无穷时间的思索，"它们为什么不回到地球，而要点燃这座'灯塔'呢？"

"答案只有隐藏在时间背后的那个窃贼最清楚了。而现在首要的事情是，在引爆T29415前把失踪的两名队员找回来！"

T29415　沙漏舞蹈

在这里的第五个月亮都已经升起来的时候，我觉得我是喝醉了。

它们把一种酱果酿成的果酒献给它们的"神"。遗憾的是土狼很不像话地喝了个烂醉如泥。也许我没醉，只是舌头打结，只是有点发困。它们还在地上专门为我和土狼各搭了一个小金字塔形状的帐篷，我独自钻了进去。

"神,"首领突然出现在"门口","这是我的女儿姬塔,是她最先发现了你们喷火的坐骑降临……"

果酒奇特的效力让我一时没有意识到首领的异样,他退了出去,而他的女儿则钻进了我的帐篷。

年轻的雌猿用一条毯子裹紧全身,它走到我的跟前,我还没来得及弄明白是怎么一回事,它突然一松手,毯子从它身上滑了下来。

"噢,"我的酒立即醒了一半,赶紧拾起地上的毯子拍干净,然后蹲下来重新给它裹上,"别,别这样。我没那个意思……你,明白?"

很显然姬塔一点儿都不明白,有一刻几乎还要哭出来的样子。

"好吧,"我说,"如果现在就出去会让你觉得蒙羞的话,那你就留下来吧,咱们可以聊聊天。"

事实上它完全听不懂我的话,而当它沉浸在自己的絮絮叨叨中的时候,我也完全听不懂。

可能是我木讷的眼神激起了它的同情心,它突然停止了说话,定定地望着我,直到我的脸开始发烫——最后,它摸出了那串项链,递到我眼前。

"米汀。"它短促地叫了一声。

"米汀。"我点点头。

我的手指触到项链椭圆链坠冰冷的表面,金色的光芒在指端泛起涟漪,突然就闻到一股久远的芬芳——彻琴的味道。

它掰开我的手,把项链小心地放在我的手心里。

我把链坠打开了,彻琴的微雕模型依然那么鲜活地保存在这里。帐篷里的光线交织出奇特的暗影,也许因为夜,也许因为醉,我开始抑制不住自己内心深处的某种感觉。

"彻琴。"我指着模型对它说。

"彻琴。"姬塔重复道,之后又惶恐地看了我一眼,像个孩子。

然后我在帐篷里的泥地上捡到了一枝树杈,开始画起太阳、地球、双星和T29415。

"地球。"我指指左胸,然后指着画在地上的地球对它说。

"西天。"它小声地说道。然后指指自己的左胸,又指指T29415一字一顿地说:"小西天。"接着它又伸出修长的食指,在泥地上缓缓划下一道凹痕自语道:"彻琴!"这条浅浅的轨迹一端连着地球,一端连着那颗"暗星"。

这颗和彻琴遥遥相望了几千年的恒星。

之前在"米汀"的石像下,我看到了一串奇怪的文字。首领说那正是关于"一项重要的使命"的解释。

我一直不同意父亲关于彻琴的一个说法,但那段文字似乎可以作为他的设想的一个佐证。

"玛雅人在修建彻琴后改进了他们的文字,"父亲曾站在彻琴的雨神石像下对我说,"新的文字似乎是在象形基础上编入了一段有规律的暗码,而这段暗码肯定与彻琴几千年来凝望的这颗星星有关。如果猜得没错,这颗星星在公元前10世纪的时候比现在看上去要明亮得多,并且光度有周期性的变化。也就是说,它在几千年前很可能是一颗变星。变星的亮光穿越了80万光年的漫漫旅途抵达玛雅人的眼底,他们据此改进了文字,发展了文明。他们奇迹般地修建了120座城市,堪与埃及金字塔媲美的月亮金字塔,创立了可以维持6400万年的年历,然而到了公元600年,在没有任

何外敌入侵的情况下，玛雅人又突然抛弃了自己创造的辉煌文明，一下子消失了……唯一可能的解释是，变星期结束了，由此以天文台为中心的文明也就湮灭了。"

那段文字叙说的是T29415上的智慧生物曾经如何改变星球间的引力结构而使大恒星成为一颗"变星"。然而由于猿们最终归隐山林，变星期结束了。

这段记载与父亲的解释不谋而合。

然而令人百思不得其解的是，它们所设置的"变星"的光度周期的依据，竟然完全来自米汀的项链。而这项链上的信息，其实是公元前10世纪玛雅人观测这颗恒星的结果。

于是两者就成了两条首尾咬在一起的蛇，构成了一个不可思议的时间环。

是这样的！

我的头脑逐渐清醒，一个沙漏"舞蹈"出的圆形轨迹开始变得清晰：玛雅人建造彻琴观察变星，并把这些信息隐藏在新造的文字中，刻在项链上。几千年后我重新发现了这条沉睡在彻琴台基底下的项链，在"西天一号"载着米汀离开时挂在了它的脖子上。猿类文明在T29415上发展起来后，它们研究了这条项链和文字的含意，根据其设定了变星的周期。变星的光经过漫长的征途回到地球，玛雅人为了观测它而修筑彻琴、新造文字，并制作了项链。

原来它们那项重要的使命，是引领人类以天文学为契机开创文明。

然而，尽管玛雅人早在几千年前就知晓了天王星和海王星，尽管他们可以计算太阳年与金星年至小数点后面第四位，尽管他们有过令人赞叹不已的灿烂文明……最终的结果是，他们突然抛弃了文明一下子消失得无影无踪……玛雅人和T29415上的猿们，心性竟是如此传神的相近。

想到这里，我的心突然"咯噔"一下，似乎有个阴霾的念头闪过，我看了一眼面前的姬塔。

它们会不会也突然消失？虽然它们已经退隐山林，但某种不祥的预感让我还是忍不住要这样担心。

突然，又一个问题跳了出来：

时间不对！

是的，时间不对。我的天文知识可以让我说服自己这里的时间流逝得比地球快，但却不能解释为什么它们能够影响人类的过去。沙漏里藏了一条偷吃时间的虫子，它的存在与膨胀系数毫无关系。

"你们为什么可以回到过去？"我问。

姬塔望着我，目光专注，但我知道从那里根本不可能找到答案。

"嘣——"

过了很久，它摇晃着身体望着我说。

它把手聚到面前，然后"嘣"的一声挥舞开，努力了很多次。

嘣……

这是什么意思？它在提示我什么？

在我即将触摸到真相的那一瞬，一种隐隐的声音划破天际，由远渐近，最后在头顶上空成为震耳的轰鸣。

西天二号　舰长日记

救援很成功，他们的搜索艇坠落在T29415上一个荒岛时破坏了那里的磁场，引起磁力紊乱，救援艇安全飞临，很快就通过追踪信号发现了两名队员的位置。

T29415上果然有生物，但却是非常原始的"猿类"，抵抗力几乎为零，救援行动在17分钟内完成。

早已从城市上空投下去的核弹将在3分钟后引爆。也许毁灭这颗星球是错误的，但核弹程序无法解除，只能祈求生存其上的所有生物的原谅了。某些时候，摧毁文明也是为了尊重进化。

T29415　天旋地转

是的，就在这一瞬，我突然明白了姬塔的意思：

宇宙大爆炸。

宇宙形成的早期也是充满浓雾的，就像任何一个健康的丛林。光线无法逾越，微波却可以。父亲曾说至今我们可以感觉得到大碰撞发出的微弱的遥远回声。那时我们免不了为此争吵,而现在我明白他是对的了。这"回声"就是微波。当望远镜可以看得很远很远,即我们可以看到很久很久以前的过去时,微波沿着螺旋状的直线向内回到过去,这时宇宙也逐渐缩小,留下一个时间隧道。

父亲的确是对的!我找到了那条藏在沙漏里偷吃时间的虫子——虫洞!一个恒定倒退数百万年的虫洞!

当我们穿越这样一个虫洞从地球到达T29415时,虽然倒退了几百万年,但由于它一开始没有文明存在,所以并不影响;而当猿类文明发展起来,想要通过同样的虫洞回到地球时,却意识到那是出发之前几百万年的地球。没有人类,西天也就没有了意义,这就是它们一直不回家的原因。

而项链的存在却让它们觉得肩负使命,于是它们完成了这个使命,点燃了辉煌一时的玛雅文明。变星的光跋涉过80万光年的漫长征途到达地球,又等了几百万年,才终于被地球人所发现。

这颗璀璨的恒星一直默默凝望着地球,凝望着由它这遥远而微弱的火种点燃的彻琴文明。

这一回,猿与西天的恩怨竟纠结了不止千百年。

在被救援队员强行拉进飞艇之前,我只能想到这么多了。

但是觉得还缺了一环。

"彻琴!"

我被架出帐篷时天已微明,"暗星"却还悬在第一颗"太阳"下面浓重的云雾中,东方泛出鱼肚白,沉睡的死城开始在雾气中苏醒。姬搭披着一头散乱的金发从帐篷中追出。

它望着我的眼神充满留恋,喃喃地重复着:"西天……彻琴……"

它想念遥远的家乡，想念那个逾越80万光年仍能相互凝望相互惦念的地方。

也许我不祥的预感就要被证明，但我内心仍为玛雅文明与猿类文明冥冥之中命运的巧合而感到欣慰。

是的，彻琴。

你不能总是拥有它们。

16年前，当我依依不舍地离开彻琴时，父亲这样对我说。

这就是命运吗？

最后的一刻，我把手中的项链抛给了姬塔。这是一个多么神奇的时间环，一场多么精心的"沙漏舞蹈"……

它望着我被拉进救援艇，手一直紧紧地攥着项链，一直攥着。

我心里知晓这颗星球的命运。

透过舷窗向下望去时，就像从云端望向凡间，它是这么的安宁。

当那不可扭转的爆炸发生时，我想我的记忆闪动了一下。它从内心深处某个原本安全的地方跌落在亘古的时空里，我满眼是刺目的光明。整个星球在一片撕心裂肺的哀号声中沸腾，旧日的光影从以前闪回到眼底。

我清楚眼前所见的只是湿润眼眶中的幻影，但我还是分明看见冲击波袭过小岛的那一刻，它突然显出了原来的形状。

我再熟悉不过的形状。

小岛本身就是一个巨大的天文台！跟链坠里的模型一模一样的天文台！跟彻琴一模一样的天文台！只是这一个太大了，大得身在其中者一直蒙在鼓里……我心中一直感到缺失的那一环终于补上了。

姬塔，你看见了吗？原来你一直想念着的遥远的家乡，一直想念着的那个逾越80万光年仍能相互凝望相互惦念的地方，就是你脚下的土地。

像苹果一样地思考

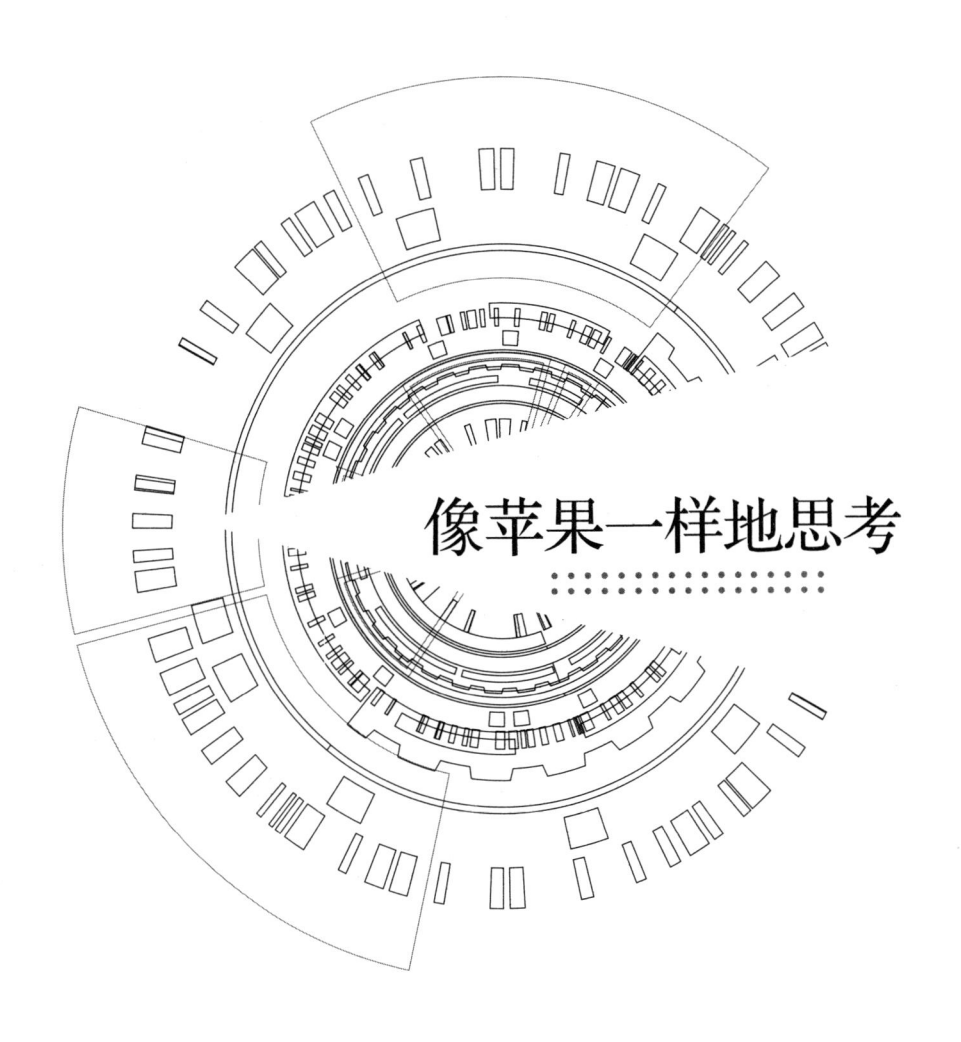

苹果落地，牛顿发现了万有引力，可苹果发现了什么？

——题记

安琪打电话来告诉我，她感冒了。

我一边与她保持通话，一边向学校的车库走去。今天下午是观察课，我用另一部随身电话向生物老师请了假。现在准备去医院看望安琪。

天气真好，这种日子老师该带我们出去野营。我的车在一大片长得极其高大的植物中穿梭，忽上忽下，让我觉得自己是一只绿蚂蚱。心里不由地发起牢骚，这些植物干吗长得这样茂盛？我们呼出的二氧化碳根本不够养活它们。

唉，上帝！我宁可在山地开车，也不愿溺死在这片植物吐出的过剩的氧气里。更为可怕的是，这里的路线实在复杂，是事故多发地段。正如所有的人一样，我可不希望因为开车不慎而白白地撞死在一颗木瓜或一株西红柿上面。

3分钟后我终于驶出了这片可怖的"蔬菜森林"。良好的路况让我的思想有点开小差。

我那喜欢与人攀比的爱玛姑姑又有了新的引以为豪的荣耀。她的丈夫出差回来，送给了她一枚猎户座星云产的手表。这种古董可是我们这儿从未有过的。那枚手表能够显示星象和吉凶,并且可以与人简单地交谈——这真是一个稀奇的玩意儿,可就是不能显示时间。

人人都很忙,现在大人中又滋生出一种坏风气——离婚。下个星期九我就得去参加奥叔叔的离婚典礼,他认为休掉那个地球妻子是件极棒的事。

很快我就到了医院,蒙着脸的医生告诉我安琪已经没事了。听到她没事我真高兴。

不久我就见到了安琪,她站在医院的楼梯上,穿着绿色的裙子,对我微笑。

她笑的时候总会令我莫名其妙地高兴。安琪脸上有两只对称的小眼睛,绿色的瞳仁使人联想到我们这颗星球。总之,由于她与我们的种种不一样,使她看起来更像一个地球人。然而我还是喜欢她。

接下来我就送她回家。

她坐在我身后,我的第五只眼睛看到她正在往指甲上涂油。突然她问我:

"你又获奖了?"

"是啊。"我说。

"怎么回事?"她又问道,"你设计的外系人是什么?"

"一块石头。"

"嗯?"

"我们去那个荒蛮星球——假设我们去了一个荒蛮星球,我是队长。我们在采集矿石样本的时候,发现岩石被激光割过的切口处有一种液体流

下来……"

"黑色的?"

"墨绿色。这就是那种外系人的血液。完了。"

"这并不新鲜。"安琪挺失望。

我不知道。我想象不出外系人还会是什么样。这才正常，因为老师说过，什么样的生物的认识中就有什么样的宇宙。我们眼中的银河系是这样的，是因为我们生在其中。比方虱子认识乞丐肮脏的头（为了不得罪人，我暂且说这乞丐是太阳系一种叫"猴子"的生物），因为虱子只是虱子。也许某一次，它们中最高等的一个会为了证明"乞丐的头是圆的"而做一次"环头航行"，而其性质也一定只是证明一个我们显而易见的东西。我参赛时所想的只是忘记常识，可这又能怎么样呢？我们还是我们，我们所认识的宇宙就是这样，我们的认识与其他系的生物的认识一定不相同。那么，我们又怎么能想象得出外系人究竟什么样呢？

所以我只好说："它们是石头。"

没想到居然得了奖。然而我又听说原来是因为其他人全都把外系人设计成了核桃或是黄瓜，评委不知道究竟是核桃好呢还是黄瓜好，所以干脆把石头评上了第一，奖给我一大捆青菜。

安琪突然又说道："你去看过展览了吗?"

"是啊，我们全家都去了，结果我的太爷爷和自己的第三个脑袋吵了嘴，什么也没看成。"

"那可真扫兴。"安琪再次表现出了失望的情绪（她很上进，老爱复习），"海马可是种奇异的东西呢！你知道吗？海马的眼睛是由29条旋臂构成的。我发现每条旋臂里有一个小海马,而在这些小东西里又有更多的小海马。你感兴趣吗?"

"那可真叫人吃惊呀!"

"没错。也许另一些'人'去参观'银河系展览'的时候,会发现我们的银河系是由许多类似银河系的星体构成的,而这些星体又由更小的星球构成,那些'人'一定会惊奇地说:'太妙了!这真是令人吃惊呀!'——嗯,我是说,也许银河系就是一只海马。"

"你是说全息,安琪?唉,那太老旧了。"

"可你也不得不承认,到目前为止,我们还没有能力把整个宇宙浓缩到足够小的一点上去呢!"

"你是说黑洞?"

"不,我指整个宇宙的信息。"

"好吧,我承认。"

"银河系或许只是更大的一个什么东西的细胞而已。我想宇宙本身是'活着'的。"安琪换了一种坐姿,她的声音由于车的亚光速而变得有点成熟感,"我们怎么知道呢?我们对宇宙来说太微不足道了。"

我同意。虱子只看得见无尽的"头发森林",它们怎么知道别人头上还住着一群虱子?但我看到自己,就可能看到"整个宇宙"。我们怎么知道呢?——或许一块石头就是整个宇宙,宇宙的每一部分(哪怕是小得比我们想象得到的还要小)都含着宇宙的全部信息。我们所认识的宇宙就是自身信息的扩大,或者说是宇宙"克隆"了无数渺小的自己。

我在地球课上曾欣赏过艾吉米斯沃利塔罗科(请原谅我用他名字的简

写形式）的"行星组曲"。据说他创作组曲的初衷是表达行星在占星术上的意义。作曲家专为6000万年前胎死腹中的天兔座"白矮星"作曲——《原点左边的玫瑰》。

单听这悲壮的名字，就仿佛目睹到了那个夭折的婴儿的棉絮状阴影。

要知道，我们这儿的人是轻易不用"原点左边"这个令人伤感的词的。

不过说话间安琪的家就到了。

她一边推车门一边说："再见！"

"噢，安琪！"我突然才想起她感冒的事，"你真的没事吧？"

"医生已用杀毒软件为我治疗过了，现在一切正常。"她站在车外对我浅浅一笑。

冬天去到南方

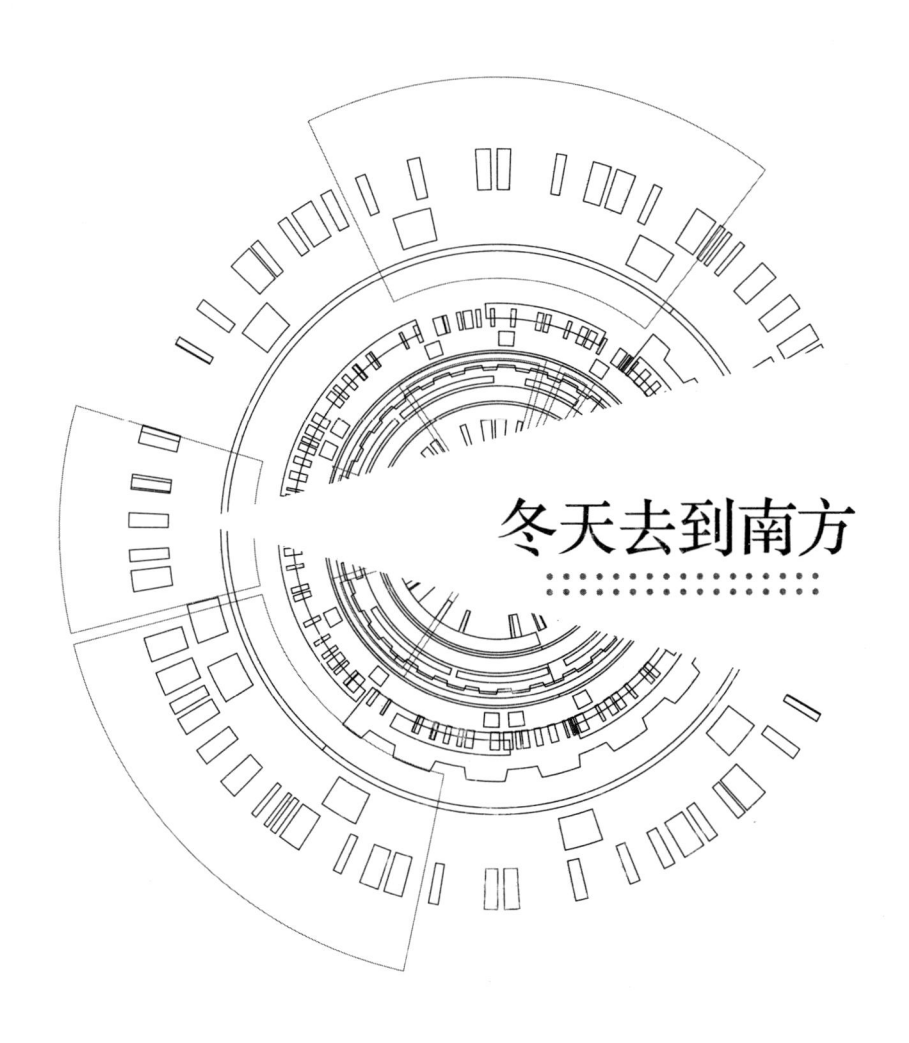

  因为我在古米亲眼看见西比尔吊在笼子里。孩子们问她："你要什么，西比尔？"

  她回答道："我要死。"

——托马斯·艾略特《荒原》

  这一场雨已经持续了一千一百三十六天。

  今天是第一千一百三十七天，看样子雨还会继续下下去。

  在西比尔的想象中，世界就像放在水龙头底下的一个桃子，被一双无形的手牢牢地捏着、翻转着、揉搓着——就这么一直被水冲刷着，没人会蠢到去问这水从哪里来，什么时候会停。

  西比尔是幸运的，至少她知道天空原本是蓝色而不是黑色的。比她更小一些的孩子，那些不到4岁的孩子，他们从未见过真正的天空。雨水笼罩了整个房屋、街道、社区、城市、国家……雨水笼罩了整颗星球。

  小扣子就没有西比尔这么幸运。他是去年才出生的，不知道是不是因为下雨的影响，他出生时个头特别小。西比尔打着伞隔着产房的玻璃看到他的第一眼，只觉得他是一个浑身污秽的、皱巴巴的没毛小动物。他的名字也说明了西比尔的感觉没错，他很小，他的母亲根本没有感觉到任何阵痛，就把他像一粒扣子一样地"拉"了出来。

  此时西比尔正紧紧地抱着小扣子，她唯一的弟弟。她听见父母正在厨房里争吵。是的，在从未间歇的雨声中，她的听力练习得跟她的心一样敏感。

她隐隐约约听到了"南方""山脉""吃人的祖先"这样的字眼。这些字眼对她来说相当陌生。另一些字眼则更为陌生，她聚精会神也无法猜出那到底是什么。

"孩子们或许会死在路上！"西比尔的母亲几乎是号叫着说。

"那也比死在这里强！冬天来了，他们随时会死。很可能明天就死了。"这是父亲的声音。

西比尔下意识地看向窗外，似乎"冬天"是个走夜路的旅人，此时已经抵达了他们的房门。

她不知道父母是怎么确定"冬天来了"的。因为自从开始无休无止地下雨，世界就变得湿漉漉的，说不上来是什么季节了。

西比尔把下巴枕在小扣子的后脑勺上，他正在酣睡。他的后脑勺上有一圈光秃秃的皮肤，西比尔哈出的气贴着那片皮肤，小扣子在睡梦中轻微地抽搐了一下。

西比尔把小扣子搂得更紧了一些。

她能感觉到他那奇怪的骨头紧贴着自己。小扣子有着外翻的肋骨和像青蛙一样鼓鼓的小腹，他真是一个丑陋的婴儿。西比尔明白，如果他生在一些特定的国家或者时代，就会被丢到暴雨中去，让那些黑暗中的野兽拖走吃掉。

但是，不，她想到这里，突然有点难过。她很爱他，不管他有多么丑陋，多么孱弱，他始终是她最最亲爱的小弟弟。她甚至决定现在就开始想一个故事，为小扣子编造一个被丢弃到暴雨中之后，最终活下来变成了一个英雄的传奇。

"西比尔，"她的母亲出现在过道里，手指上沾着面粉，"我叫你很多声了。把小扣子放到床上去，过来帮我收拾点东西，我们明天就出发。"

母亲的脸上带着疲倦，这反而使她看起来很平静。她的语气也和刚才跟父亲说话时完全不一样，她那种自然的神情，就好像西比尔早就知道他

们一家"明天就出发"似的。

明天就出发？去哪里？为什么？

西比尔想问，但是她没有开口。

她把小扣子抱到床上放好，折回身走进厨房。她的父亲在用绒布擦拭刀具。所有的刀都放在餐桌上。它们闪闪发光，其实犯不着擦。母亲跪在地上，从一个壁橱里面往外拖出一小袋一小袋的面粉。

"去拿点油，我们会用得着，"父亲说，"还有火柴，把它们贴身放着，别弄湿了。"

西比尔看到雨水正顺着厨房的玻璃往下流。它们像某种不断长出四肢的软体动物，从不放弃进入人类房屋的欲望。

她似乎已经习惯了这样的对峙。她可以听见雨声、看到雨水，但是她和雨之间始终得保持一个安全距离。她从不和它接触。这似乎是三年来的惯例，或者说是她和雨之间的秘密。

可是明天，全家就要出发了。

他们可能会暴露在雨幕里。他们会乘坐什么样的交通工具？他们会抵达南方的那些山脉吗？如果不去又会怎样？如果注定要在冬天死去，她希望还是死在自己出生的地方比较好。

窗外黑沉而喧嚣的雨夜里，偶尔有电光闪烁。那不是闪电，而是游动在高空的电鳗。

或者说，"电鳗"。

当人们开始接触并且了解三年以来的这场奇怪的雨，他们发现了一些更为离奇的事情。最初那是一个并不引人注目的访客，一颗每隔七十六年就会光临地球的彗星。这一次，当它行进到近地点的时候，意外地被地球的引力所捕捉，悬停在了北极上空。接着彗星上生长出了数以千计的根状物。人们好奇地观望着，而彗星并没有让他们失望。这些根状物一直朝着地球的方向生长，最终钻进了北极的冰盖。紧接着一些像鱼一样的生物从彗星上顺着根状物爬了下来。它们有了自己的名字,"虎鲨""蝠鲼""鳗鲡""电鳐"……在人类已知的海洋生物的名字上加上引号,就成了这些不速之客的新头衔。

它们和鱼的确很相近,只能呼吸水里的氧气。然而它们对水的形态却没有海洋生物那么挑剔。这些彗星上下来的生物可以在冰层里行动自如,也可以通过某种奇怪的方式,在雨天像鸟一样飞翔。

这就是西比尔关于他们一家即将展开的旅行所知道的全部。她不知道为什么会一直下雨。她不知道雨什么时候能停。她不知道为什么父亲说他们随时会死。

而且很可能明天就死了。

西比尔觉得自己小小的脑袋快要爆掉了。

不,她清楚地看到她的大脑里有一个蓝色的深渊,那里比世界上最深的海沟还要深。而她自己正在朝着这个深渊坠下去。

她不是要爆掉,而是快要窒息在自己的脑子里了。她那小小的脑瓜里装着一片深不可测的大海。

这是她全部的恐惧。

三年来,人们搭建了比根状物的数目多出许多倍的管道。没有人再"外出"了,他们通过管道去往特定的地方。没有人会暴露在雨水之中。

而明天,在这场雨持续到第一千一百三十八天的时候,西比尔一家就要出发了。

"去南方找到最高的山脉,"父亲说,"在云之上,鸟都飞不到的地方,没有雨水,也没有那些丑东西。"

父亲说话的时候看了一眼厨房的门,他的目光穿过道,探向更远处。

西比尔知道那是躺着小扣子的房间。

她还知道父亲说的"丑东西"并不是指小扣子,而是那些从彗星上下来的会飞的"鱼"。

现在她突然明白了"吃人的祖先"是什么意思,也许这是成年人给那些生物取的绰号。如果它们有能耐搞得全世界不停地下雨,那么吃几个人应该是小菜一碟的事情。

但是它们真的会吃人吗?

这些生物看起来是那么的像海洋生物。三亿年前,鱼类从水里走上了陆地,进化为爬行类,最终人类诞生了。而在某个未知的进化分支上,长出了这些可以在雨中飞翔的东西,或许它们与人类真的有着同样的祖先——尽管它们是从彗星上下来的。

或许它们正是人类的祖先。它们回来了。

或许很久以前,所有的生物都生活在这样一个不停下雨的星球上。

三亿年是那么长的一段时间,谁知道呢。

西比尔望着那遥远的、隐秘的雨中电光。明天他们一家就将暴露在这场大雨中,或者就要在那些铺天盖地的"鲑鱼""金枪鱼""沙丁鱼"里穿行。

窗外永远是无尽的黑暗。她并不确切地知道父母所说的"明天"到底什么时候会来。每一刻都有可能是出发的时间。

没有什么是比冬天去到南方更疯狂、更不确定的了。

此时她看到厨房里堆积着裹在皮囊中的刀具、铜制的桶和盆子、包裹在油布里的饼干和面粉。母亲走过来轻触她的肩膀,说:"去睡吧,西比尔。明天我们就出发,到时候抱好你的弟弟。"

西比尔呼出一口气。

她决定一会儿就去做一个关于明天出发的梦。她已经三年没有踏出这个屋子一步了。

冬天去到南方[①],那里有全世界最高的山脉,在云之上,鸟都飞不到的地方,没有雨水,也没有那些丑东西。

---

① "冬天去到南方"出自诗人托马斯·艾略特的《荒原》,原句为"I read, much of the night, and go south in the winter"。

赶在陷落之前

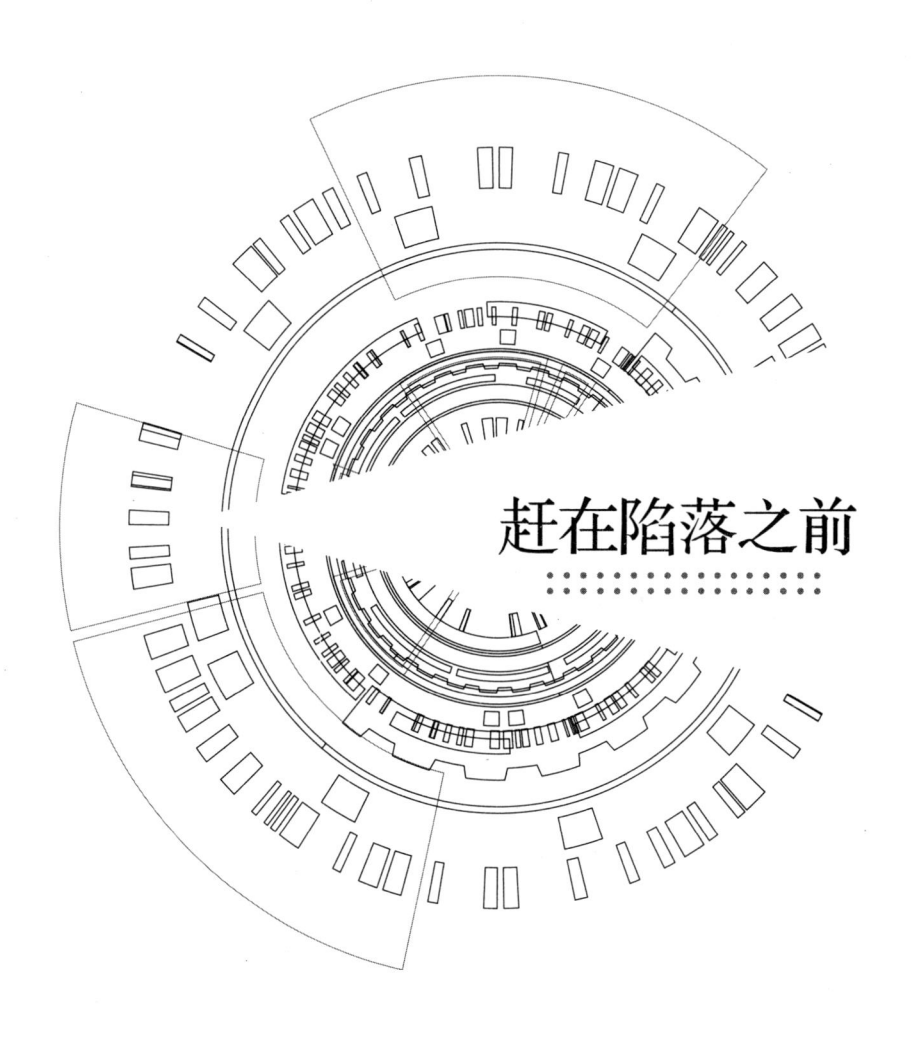

大业四年　元宵

　　我第一眼见到洛阳的时候,它浑身散发着一种灼热的焦味。在漫无边际的黑暗中,吱嘎作响的洛阳城投下一道道黑黢黢的影子。后来,洛阳燃烧了起来。四处亮起的灯火把它照得如同白昼,人们在灯海中涌上街道。夜幕下的洛阳就像一个纸糊的灯笼,它被自己的火焰所灼烧,一寸寸亮起来,又一寸寸黑下去。最后,这个灯笼燃烧得只剩下了一堆灰烬。

　　我的记忆中再也没有这么璀璨的元宵了。

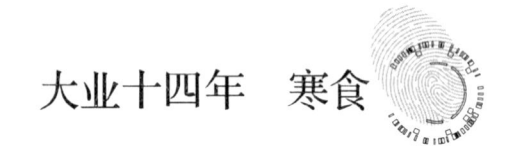

大业十四年　寒食

　　西门御道里以西是长秋寺。

　　这儿的僧人早课唱的都是《韦陀赞》,晚课则唱《伽蓝赞》。什么时候唱,全凭打云板的和尚什么时候打。寺里有个五味园,种着桂树、朱槿、香茅、优昙花和暴马丁香。因此长秋寺的桂花糕和花蜜饯很有名。寺里还另辟了地种上地瓜、芝麻、莲藕和石香菜。每每僧人们晚课的时候,我便顺着他们在泥地里踩出的一条小路,绕过莲池,去寺角摘些石香菜。

这天我刚蹲下来伸出手,就听见身后响起一声暴喝:"禅师!"

我回头,昏暗的天光下,一个颈上绕了一圈佛珠的男人正站在不远处瞪着我。他的面孔白而薄,似乎要透出香气来;而那些佛珠,则各个光滑透亮得像鸡子。

"我,我只是看看石香菜长新芽了没有。"我赶紧缩回手,蹲在地上看他。

"跟我来。"他丢下这句话,头也不回地走了。

我悻悻地站起来,仍旧采了一把石香菜,胡乱地塞进怀里,抬脚跟了上去。那人沿着我来的路走,每一步都踩在我之前踩出的脚印上,不留自己半点痕迹,所以看不出来他到底是不是贴着地面在飞。

经过那驮着释迦牟尼佛的六牙白象,他走到了大殿侧门的一个禅房里。我跟了进去,他已经在佛龛前坐好了。

青灯照着桌上的一把竹尺,那尺面竟有些光亮得泛油。

他既不说话,也不看我。

我伸出左手来,眯缝着眼睛。

眼前有个黑影晃动了一下,"啪啪啪",接着手疼了三次。

他拿尺子打完我的手,仍旧不说话。

我只得又换上右手去给他打了三下。

"回去吧。"他说。

我站着,他坐着,我睁眼的时候只看见一个锃亮的脑袋。

我朝着这颗脑袋躬了个身,扭头一溜烟跑了出去。

几颗疏星投下的微光照着静谧的长秋寺。络绎不绝的香客和僧人都在这个平凡的春夜里消失不见了。

沿着黑黢黢的僧房一路快走,穿过两道偏廊,我猛吸着气,低头只顾

着赶路，冷不丁瞥见暴马丁香树下坐着的一家子。

这家都穿着极好看的衣裳，父母正在丁香树下招着手，让孩子过去一同吃点心。那家的孩子同我一般，也是十岁的样子，却并不像我头上挽着丸子一样的两个小髻，而是将头发高高地束起。

在漆黑一团的树荫里，有荧光在这三人的皮肤和衣裳上流转。乍一看，他们就像是绣在墨色屏风上针脚绵密的一块留白。

他们似乎很开心，一直咯咯笑个不停。

我听那对父母唤自己的孩子叫"离阿奴"。他们一同吃了点心，母亲又陪儿子下了几回棋。

那棋盘和棋子上也有莹白的光在动。

我呆看了他们半晌，突然想起波波匿还在家里等着我，只得拔脚又开始跑了起来。

出了长秋寺，月色更加清朗了。

回家的路一目了然。

跨进院子的时候我闻到一阵炒鸡蛋的香味。

波波匿一边往灶膛里加柴，一边头也不回地问我道："东西呢？"

我赶紧从怀里掏出石香菜，递到她跟前。

她一把抓过去，揉在手里，放在鼻尖儿上使劲地闻了又闻。那模样就好像她又亲手抓到了一只鬼一样。

波波匿是个"抓鬼婆婆"。

我和波波匿住的地方，在西阳门旁的延年里。没有人怀疑我是她的孙女。我从记事起便叫她婆婆，但在我的记忆中，她并不是我的亲婆婆；至于我的小名"禅师"，波波匿也说绝非是她取的。漆黑一片的洛阳城里有多少人像我们一样，住在同一个屋檐底下，却有着旁人无从知道，甚至自己都无从知道的关系——这又是另一回事了。

而我对波波匿来说，除了可以去长秋寺里帮她偷石香菜，似乎再无用处。波波匿抓鬼并不收钱。因为没有人出银子请她去抓鬼，她是自愿的。就好比僧人请求布施，我们之所以没有饿死在洛阳城，是因为她常去向僧人请求小米、地瓜和蜜饯。而长秋寺那位年纪不大的云休方丈也总是放任我去偷石香菜，只是每次总要左右手心各打三下。

在夜幕笼罩下的洛阳城里有许多鬼魂。波波匿身上总是带着一串用竹篾编成的小笼子，她从野地、宫闱、伽蓝或是民居中抓到鬼之后，就将它们放入这些笼子里。如果一次抓得太多，她就随手扯下一根狗尾巴草，将脆韧的茎压在舌头下一挦，然后像穿蚱蜢一样，穿过那些鬼魂的脊背。那些鬼魂一个个只有老蝉大小，黑头黑脸，身子却有些发灰。它们串在狗尾巴草上，发出细细的嗡声，再也无法动弹了。

然而关于我未曾见过的一切，却总是比现实中的波波匿更加令人神往。我常想，她必定从顽童时代就是能见到鬼的。当她像我一样梳着两个丸子似的小髻时，就开始在洛阳城的街肆中收集那些鬼魂了。洛阳城从来都是这样为夜幕所笼罩。有一副巨人的骨架拖动整座城市迁徙。阳光永远无法照到洛阳。这座"夜城"也就充满了鬼魂。它们如此之多，没有人知道它们从何而来，唯一的解释就是鬼魂也能繁衍鬼魂。于是波波匿一直没办法捉完洛阳城所有的鬼魂，她这一生只重复做着同一件事，阳光从未爬上她的额头，她却已经变成一个白发苍苍的老妇了。

波波匿抓了这么多鬼，但始终没有抓到她要找的那只。

她在找一只叫"朱枝"的鬼。

"抓到朱枝会怎么样呢？"我曾问她。

"迦毕试才会死心。"

"迦毕试死心了会怎么样呢？"我又问。

"那些该死的白骨才会停止不动。"

"白骨停止不动了会怎么样呢？"

"洛阳城就会停下来。"

"洛阳城停下来了会怎么样呢？"

"阳光会照到这里。"

"阳光照到这里了会怎么样呢？"

"我才能见到想见的那个人。"

我所知道的关于洛阳的一切都是波波匿告诉我的。

城里有三个她从来不碰的鬼魂。她们是三位光着头穿青袍的女子，总是喜欢蛰伏在永宁寺被烧毁的浮屠上。波波匿说她们是前朝的三位比丘尼，葬身在永熙三年二月的一场大火里。她们的头发、眼睛、牙齿、乳房和四肢，都烧成了黑色的灰烬，嵌进了烧毁的浮屠中。我一直奇怪为什么波波匿总是抓一些又小又没意思的鬼魂，却不管这三个动静很大的鬼魂。她们热衷于不歇地歌唱。三位比丘尼的歌声，从北魏一直吟唱至今，萦绕在洛阳黑夜中的街道上。

而我们在朗月的夜里能够清楚听到的那种吱嘎作响的声音，则来自波波匿所憎恶的那副巨人的骨架。这具白骨力大无穷，它一下子就能将洛阳城连根拔起，然后给洛阳套上鞍子、肚带、缰绳和笼头，牵着这座城一路向西。从我记事起，就非常热衷于跑到离延年里不远的西阳门去看白骨是如何拉动洛阳城的。它的每一根骨头都是独立的，这些骨头每一根都足有一株老槐那么粗，它们悬浮在空中，骨头和骨头之间仿佛被看不见的血肉所牵引。二百零六块白骨在星光的照耀下若隐若现，直入云端。它们的律动如此一致，脊柱就好像一条长线，而那个孤零零的头颅则像飘向月亮的风筝一样。

白骨夜以继日地拖着洛阳城沉入黑夜。长久的迁徙带给这座城市一种灼热的焦味。洛阳城就像大地肉躯上一把锋利的犁，将土地耕开。地下的血脉翻涌而出，蜿蜒成一条无法愈合的疤痕。

洛阳每时每刻都在崩塌和瓦解。城里的每一口井都枯竭了。它们成了洛阳断掉的牙根，深深地插在这座带着腥味、无比巨大的口腔中，在日益萎缩的牙龈下发出碎裂的声响，逐渐变成了粉末。终于有一天，洛阳城里再也找不出一口井来。

波波匿说，洛阳离陷落的日子不远了。

如果是那样，她就可能再也见不到那个她想见的人。

白骨的主人防风氏活着的时候差不多是一条龙。他死在会稽山。有人去过那里，施了法术，唤醒了这堆白骨，驱赶它们着了魔似的拖走洛阳城。

这个人就是迦毕试。

我一直以为迦毕试一定不是普通人，他与长秋寺的云休方丈不同，他与宫城里的皇帝杨广不同，他甚至与那些鬼魂也应当是大不相同的。

可是有一次，当我跟着波波匿去贫陋的东市酒肆抓鬼，她突然指着一堆穿着破衫喝酒的人说："瞧，迦毕试坐在那儿呢！"

于是我看见了迦毕试。他坐在人群中，敞着怀，喝着酒，除了生得金发碧眼，其他都实在太普通不过。

后来我每次跟着波波匿去东市酒肆总会看见他。他的位置从来没有变过，似乎他一直都是一动不动坐在原地的。波波匿说这个胡商有两颗心，其中一颗长在左臂里。他在臂上文了不空成就佛和他的坐骑迦楼罗。因此在东市的酒肆里，你总能在一个男人赤裸的胳膊上看到一只张牙舞爪的鸟儿，它的心贴在他臂里的心上，潺潺地一齐动着。

有一次，当我盯着他胳膊上起伏的朱红色鸟儿看时禁不住想：

他并不属于洛阳城,现在,洛阳城倒似乎是属于他的了。

从他敞开的衣襟里可以看到一条蜈蚣一样黑色的疤痕。波波匿说迦毕试就是从那儿掏出了自己的心。他的心现在悬在九十丈高的空中——差不多同永宁寺未被烧毁的浮屠一样高。那也是三个比丘尼的鬼魂能够飘到的最高的地方。在一些平淡无奇的夜晚,她们会细声吟唱出迦毕试那颗心是如何搏动着,以神秘的法术驱动防风氏的白骨的各种细节。这些细节是如此骇人听闻,以至于洛阳城的百姓在这些夜晚中通宵点着烛火,他们一整夜不做任何事,只是大睁着眼睛不敢睡觉。

我从来没有看到过迦毕试那颗血淋淋的心脏。因为洛阳总是沉溺在黑暗之中。白骨借着月色泛出银器一样的光芒,而那颗心脏却总是比黑夜还要黑。我看不到它,波波匿说它就跳跃在防风氏的胸腔里。我很快就相信了她的话,因为我总是能够听到静夜里那颗心脏收缩又鼓胀的"嘭嚓"声。

波波匿还说,以前没有人敢用这样的法术,是因为一个人只有一颗心。一旦把心挖出来给了防风氏的骨头,自己也就死了。而迦毕试是有两颗心的,现在,他靠左臂里的那颗心活着。可是那颗心很小,只有一截拇指大,于是迦毕试只能终日坐着。

和迦毕试的一动不动相比,他的沉默更是如同磐石一样坚固。因此我只能猜测他那个疯狂举动的初衷,为的是挟持洛阳城到他远在西域的家乡去——然后在一片黄沙之中,在洛阳城陷落之前,他必定会开口说出某句重要的话。

波波匿讲了一个完全大相径庭的版本。她说这个男人之所以如此疯狂,是因为他深爱着一个叫朱枝的女人。那个女人死在了洛阳城里。迦毕试要想再见到朱枝,就要避免已经成为女鬼的朱枝一不小心在阳光下化为一阵水汽。他驱动防风氏的骨骼,置洛阳于永无尽头的黑暗,就是为了某天能在黑黢黢的影子中遇到昔日的爱人。

这个解释除了把胡商想象得太像一个怜香惜玉又饱读诗书、异想天开的汉人之外，倒还算合情合理。

而一旦承认了这一点，波波匿耗尽一生心血去做"抓鬼"这件事，就陡然增添了许多分量。

只有抓到了朱枝，迦毕试的心才会回到他的胸腔里，这时防风氏也才会放下洛阳城回到会稽山他那湖泊一样的坟墓中去。而只有洛阳城不再往西走，太阳才会追赶上我们，波波匿才可以见到她想见的人。

这是波波匿赶在洛阳陷落之前一定要做的事。

我们端着碗蹲在院子里吃了这顿晚饭。石香菜的味道在凉夜里伴着水汽弥散开。

头顶是流泻的星光。

周围走着几只鸡，它们用最快的速度啄掉落在地上莹白如珍珠的饭粒。

今天是寒食，城里家家户户都在过节。过节意味着接连三天都不烧火做饭，以及去东阳门替亲人烧纸钱。波波匿却仍要我去长秋寺偷了云休方丈的石香菜，烧了火热了灶，炒了鸡蛋。

她没有谁要烧纸钱。我也不记得我有谁要烧纸钱。

我总觉得她和我是那么的不同，而这相同的一点，竟成了我们之间最无可辩驳的"血缘"。

"我能自己抓个鬼吗？"我问。

波波匿站起身，把碗里的剩饭倒在地上，几只鸡一哄而上。

"你抓鬼做什么？"

"那只鬼发育得很好，跟我一般高。之前咱们抓的那些又瘦又小的，

全归你。"

波波匿奇怪地笑了一声,回答道:"莫不是你碰到了一家三口,一窝鬼?"

"你怎么知道?"

"他们还没死透,不算鬼,还不能抓。再等等吧。"

"那得什么时候呀!"

"一个月后。"

大业十四年 佛诞

佛诞从四月一日就开始了,一直要到四月十四才完。

其实佛是在四月八日这天诞生的,后人因错过了看佛怎么从母亲右肋下钻出来,于是立了佛降生像,在佛诞的日子里僧侣们要抬着金佛巡游洛阳,从一个寺庙传到另一个寺庙。往常,洛阳的皇帝老儿和百姓都一起到宣阳门点着火把迎接灿烂的佛像。以花铺成的道路使得洛阳城缓缓地沉入一种舒适而腐烂的气味里。

今年的佛诞有些不同以往。因为皇帝老儿去江都了。他走的时候骑着一匹漆黑的马,带了一些同样骑黑马的卫士。他们从东阳门跃下的时候就仿佛是从洛阳这匹大马身上滚落的几只马虱子。

波波匿决定在四月七日这天抓住朱枝。

这天终于到了。佛降生像从城南的景明寺里被抬了出来,一路经过护

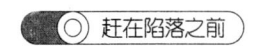

军府、司徒府、太尉府和左右尉府,最后到了宫门——虽然宫里已经没有了皇帝。在快到司徒府时,永宁寺的三个比丘尼突然歌声大作,夜空中掉下无数白色的绢花来。有不少人都说佛像那微闭的眼睛似乎睁开了。

宫门外,迎接佛像的队伍嗡嗡地唱起了经。我在他们之中看到长秋寺的云休方丈也在。和尚们自己带着木鱼、堂鼓、坠胡和小钹,鼓乐声使得洛阳的黑夜仿佛一块纱似的要掉到我们头上来。突然,远远的一条街上亮起了无数灯火。

百戏要开始了!

我挤进人群里,看那热闹的游行队伍。里头有麒麟、凤凰、仙人、长虬、白象、白虎、辟邪、鹿马。他们走到哪里,人群就涌到哪里。突然,人群又统统朝另一个方向跑去。那里的高台被火把点亮,来自西域的艺人开始耍起了吞刀、吐火、走索的把戏。屋檐下的灯笼都亮了起来。卖货郎沿街摆开了货摊。

这是洛阳才有的灯火夜市。

这是洛阳才有的繁华盛景。

洛阳是如此奇异的化身——它是一匹淹没在夜色里的马,一把割开土地血肉的犁,一张散发着焦味的嘴,一座即将陷落的城,一只看不到回响的瞳,一阵吱嘎作响的风,一场疯狂至极的爱,一只闪烁着萤火的虫。

在没有止境的暗夜里,它耗尽全力发出最后一点微光。我突然明白了洛阳城的鬼魂为什么永远抓不完。是那微弱的萤火让腐朽的感情都绚烂得化作飞舞的魂魄。

然而大业十四年四月七日这天的我,并没有想到那么多。我被一个卖面具的货摊所吸引,站在跟前久久不愿离去。货摊上挂在高处的面具我根本够不着。而单是摆在最低处的这些就已经十分漂亮了!其中一张面具是

一只两角的辟邪，流光溢彩，惟妙惟肖。我伸出手来，可手指刚碰到面具，它就掉了下来。

面具背后露出一张好看的脸。

我清楚地记得这张脸。就在一个月前，长秋寺颇有些凉意的春夜里，我曾盯着这张脸看了很久。

离阿奴，我记得他的母亲是这么唤他的。

他的身上已经没有了上次见他时的那种流转的白光。他已经变成了一个真正的鬼。

离阿奴伸出手在我眼前比画了一下，笑了："你能看见我？"

"嗯，"我说，"你现在是鬼了。"

可我并不确切地知道把一个和我一般高矮的鬼放进竹编的笼子的方法。

"你愿意跟我走吗？"我只好问他。

他点点头。

庄桃树从墙上跃下来的时候，看上去就像一个苍黄的纸鸢。

离阿奴说，当时他的母亲并不知道，他的祖父已经死在了遥远的南方。

离阿奴和他的母亲南阳公主、父亲宇文士及三人，被父亲起兵叛乱的哥哥宇文化及派来的家丁庄桃树活捉在自家的院子里。

被带走的那一刻，离阿奴甚至有一丝兴奋。

然而不久，当他们作为俘虏被带到山东聊城，一个名叫窦建德的人对他们说，他必须杀光所有姓"宇文"的人。因为姓"宇文"的人杀了皇帝老儿杨广。

离阿奴被杀了。他的母亲南阳公主只流了一滴眼泪。

然而对我而言，洛阳的宫城里住没住皇帝，是件无关紧要的事情。对于和尚、商人、百姓、官员和卫士们而言，似乎也是件无关紧要的事情。

真正要紧的是亘古不变的历法和节日，迁徙不止的白骨和都城。

我摸到衣角里还有几文钱，于是带着离阿奴去吃烧饼和糖人。

我们又听了念梵唱经，看了吞刀吐火，离阿奴很高兴。

"对你没有好处的事，你做吗？"我问他。

他嘴里嚼着油桃，摇摇头。

"我求你做呢？"我又问。

他想了一下，点点头。

"帮我抓个女鬼吧。"我说。

如果真的抓到了朱枝，迦毕试就会死心，洛阳就会见光，所有的鬼魂都会消失不见。那个时候，离阿奴也会消失不见。所以让离阿奴帮我抓朱枝，我心里很愧疚。这就是我那么大方地请他吃东西的原因。

而离阿奴只是看着我，毫不犹豫地猛点着他那漂亮的脑袋。

百戏的演出让洛阳的中心更明亮，而四周却也更黑。

波波匿一路追着朱枝的气味到了长秋寺。

我和离阿奴蹲在她设的陷阱旁，眼睛一眨也不敢眨。

二更天的时候，青石板的巷道渐渐变成了红色。

因为走来了一个穿红衣的女人。

"那就是朱枝。"我对离阿奴说。

我们看不清她的脸，她的头发散得到处都是。

只要她走过了第三棵柏树，我和离阿奴同时使劲拉起手里的线头，朱枝就会被关进波波匿事先设下的竹篾笼子里。

一步，两步，三步……

扯线。

朱枝发出尖利的叫声。她像一颗珠子那样弹了起来，高高地飞过我们

的头顶，落在了长秋寺的院墙上。

她不停地叫着，叫声凄厉刺耳，我赶紧伸出两手来捂住耳朵。

离阿奴已经追了上去。

等我反应过来，气喘吁吁地跟上去，朱枝已经消失在了夜色中。

我们靠着院墙停了下来。

我累得上气不接下气，脑海里都是朱枝飞起来的样子。风吹着她那深红的裙角，它们在夜幕中鼓起和飘动的姿态是那么炫目，就好像她只是一缕花蕊，而层层的花瓣正从她身上苏醒。

过了一会儿，地上映出了一个狭长的影子。

我抬头，看见波波匿。

"抓着她了吗？"我问。

她没有应声，递过来一屉竹篾笼子。我举起来，借着灯笼的微光仔细端详，里面空空如也，只沾了些夜露。

"又跑了？"

波波匿默默地点了点头。她突然显出不耐烦的神色，我赶紧解开一直捂在怀里的蒸糕，递到她跟前。她闻到里面石香菜的气味，总算有了好脸色。

波波匿咬了几口蒸糕，同我一道往延年里的家走去。

每次抓不到朱枝，波波匿就会一连暴躁好些天。我却隐隐有点快乐。或者其实我并不是真心实意要抓住朱枝的。不然为什么我们抓了这么多年，却从来没有抓到过她呢？

走到一半时她停了下来，对着空无一人的街道说："出来吧，别躲了。"

离阿奴从黑影里现出身形来。

就这样，我和离阿奴一左一右地跟着波波匿，像祖孙三人那样，走回了延年里。

武德三年　冬至

武德三年的冬天格外寒冷，我站在长秋寺的莲池旁，手捧在脸前哈气。不远处有个跟我差不多年纪、面目模糊的小沙弥趴在岸上敲着池面的薄冰，嘴里嘟囔着："一九二九不出手，三九四九冰上走，五九六九沿河看柳，七九河开，八九雁来……"

新皇帝选了长安作都城。那是一座在若干年前我们曾路过的城市。洛阳从长安的身上碾过，向着日落的方向奔去。东都变成了西都，西都变成了东都。而在我们身后，名叫李渊的新皇帝端坐在崭新的龙榻上，他的子民在倾倒的残垣间修筑起一座全新的帝都，长安就如同当年的洛阳一样，接受着世界的朝拜。

洛阳并没有陷落，人们却已渐渐将它忘记了。

我的五官和四肢日益敏锐起来。我能在黑暗中穿针引线，在青兽一样的屋脊之间跳跃，在比丘尼的歌声中听见洛阳城里最私密的呢喃。直到有一天，在我习以为常的迦毕试的心跳之外，我突然听到了另一种完全不同的心跳。这种陌生的心跳就像猫走过屋檐或是雨滴落庭院。最后我终于搞清楚，那是我自己的心跳声。

我也终于明白原来命运并不是一条路，而是一条河。它会推着你走向某处。不管你愿意不愿意。

在一个晦暗的黎明，波波匿突然厌倦了她这辈子唯一着迷的事情。

"禅师，"她用一种不紧不慢的口气对我说，"你去抓朱枝吧。抓住她之后，就去找迦毕试。"

我感到了前所未有的害怕，就好像突然被人看穿了一样。我已经可以抓住朱枝，但每次都故意放走了她。我甚至不再关心洛阳什么时候陷落，因为我害怕阳光照到洛阳城里时，离阿奴就永远消失了。

然而波波匿的话对我来说是无法抗拒的。孤独像脐带一样连着我们，我已经把波波匿当成了世上唯一的亲人。

冬至这天，朱枝把自己关在永康里的一间客房中。

她从里面把房门闩上，独自在房里诵起了《大悲咒》和《小十咒》。

我正在门外发愣，楼梯上传来"蹬蹬"的脚步声，刚藏好，就听到来人已经走到了门口。

接着响了三下叩门声。

门内诵经的声音停了一下，马上又唱了起来。

来的人声音急切地说，自己是宇文士及。

宇文士及为什么会来找朱枝？我百思不得其解。

而那房门一直没有开。

他站在门口兀自说了许多话，他的愧疚，他的无奈，他的思念，他的不知情，他的身不由己。最后，他问她："我们还能做夫妻吗？"

她回答："我与你仇深似海，这辈子恐怕没这个缘分了。"

宇文士及又说了很久，朱枝仍旧不开门。

宇文士及说的那些话，就是石头听了也会开出一朵花儿来，门里的人却说："非要见上最后一面，我只能打开门一剑杀死你。"

最后，宇文士及鼓起了他这辈子全部的勇气，头也不回地离开了客栈。

他的脚步声是那么的孤独，一下一下地敲打着走道……

这一瞬间，我突然明白了，门里的那个女人不是朱枝。

朱枝一定是从房门进去，又从窗户溜走了。她能在月光里像珠子那样弹得很高，像鸟儿那样展开"裙阙"华美地飞翔。

原本在房里的人，应该是南阳公主。

朱枝为什么会设下这个圈套，引我去抓南阳公主？

我跃上屋顶，那里果然已经空无一人了。

橙黄的月亮下，洛阳城那连绵的重檐、藻井、卷棚、庑殿都在微微颤动。连成一片的屋顶随着西阳门外那副白骨的呼吸而轻微地起伏着，如同洛阳是一个挤满了兽的畜栏。朱枝经过的地方会留下红色的印记，现在，这抹红色正淡淡地延伸向西门御道。

我说过我能在洛阳城青兽一样的屋脊之间跳跃。现在，我就正在鱼鳞一样滑腻的瓦片上跑着。每一次落脚，都能感到脚下的青兽在拱起脊背来接住我，于是我能弹得很高，落到更远的地方去。跑得快时，青兽都变成了巨大的鲤鱼。它们从洛阳城焦灼的土地中跃出，朝着长秋寺的方向游去。

在替波波匿抓鬼的月夜里，离阿奴教会了我在屋顶奔跑。

一开始，他须得牵牢我，不然我就会从屋顶上掉下去。后来，当我自己已经可以从东阳门的宜寿里一路跑到宣阳门的衣冠里，再又按着佛诞日游佛的路线，经过永宁寺，独自跃上宫城里那些华丽的庑殿时，就换成我牵着他了。

波波匿并没有向我提起过把离阿奴装进竹篾笼子的方法。他大部分时候并不像一只鬼，只是有一次，我用食指戳他的眼睛，才发现那里并没有什么眼球和眼白，而是一汪墨汁。

有时候我也会想，为什么一定要抓住朱枝呢？为什么一定要让洛阳城停下来？为什么一定要等到太阳照到洛阳城？这都是波波匿盼望的。但是

离阿奴一定不想在陷落于日光的洛阳城里变成水汽，而其他人呢？洛阳城的其他人和鬼魂呢？他们想要抓住朱枝吗？为什么这么多年过去了，没有人抓住过朱枝？他们不知道朱枝与洛阳城之间那种隐秘的关联吗？而从不开口的迦毕试，他最大的秘密或许正是他的沉默吧。波波匿故意编了一个漫长的谎言，里面只有一个永远抓不到的女鬼和一个永远不开口的哑巴，这样，就没有人揭穿她了。

只有想到这里，翻涌的好奇心才会让我不顾一切地想要抓住朱枝。而除此之外，似乎再没有比离阿奴的一举一动更吸引我注意的事了。

我跑了不多一会儿就追上了朱枝。长秋寺的院墙、树木和驮着释迦牟尼佛的六牙白象，都已经变得赤红。

而这条血舌一样的路的尽头，是云休方丈的禅房。

我进到禅房里的时候，朱枝正在梳头。

她的头发就像一泓墨色的泉水，流泻在房间的四处。

云休方丈锃亮的脑袋浮在这汪泉水之中，若隐若现。

我的手心里全是汗。朱枝就在我的面前。波波匿和我各自追寻的谜底，就活生生地在禅房里站着，等待揭开。

禅房里有一种熟悉的味道随着朱枝的头发弥散。我突然发现，云休方丈用来放条尺的案上，放着一钵新摘的石香菜。

月光透过窗棂照进来，把这气味搅得有些奇怪。在这熟悉又奇怪的气味里，我伸出手来，触摸到了从未想到过的那个结局：

朱枝的头发一寸一寸地断裂了。它们在静夜里发出蚕啃噬桑叶的沙沙声，纷纷扬扬地落到了地上。最后，朱枝的头上只剩下了一簇乱蓬蓬的白发。而云休方丈刚才被她的黑发遮住的身体这才露了出来。他正盘着腿坐着，紧闭着双眼。

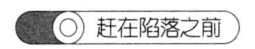

我正想叫醒他,这时,朱枝的衣服也一寸一寸地掉落了。那层层叠叠的深红色裙阙像被无形的刀所剪裁,从她身上絮絮地剥离。最后,朱枝的身上只剩下了一套脏兮兮的灰衣。

我目瞪口呆地看着这一切,就像三年前我第一次看着她珠子那样弹落到长秋寺的院墙上一样。

而紧接着,朱枝的脸竟然也开始脱落了。我还没有看清她的模样,她的脸皮就变得干燥而翻卷,一阵风吹来,就像拂尘扫过佛案,那层贴在脸上的皮肤就消失不见了。最后,朱枝的脸上只剩下了一张皱巴巴的老脸。

波波匿的脸。

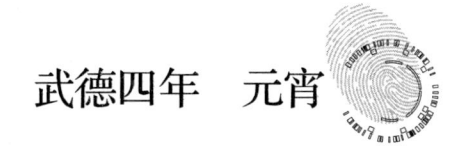

武德四年　元宵

洛阳城仍在一刻不停地陷落。

防风氏的白骨夜以继日地牵着它往西走去。而洛阳已经不再是一匹淹没在夜色里的马了。在跋涉过不可计数的山峦与江河之后,洛阳成了一张千疮百孔的渔网。时间在这张网里无法阻止地流失,而关于洛阳城的种种传说和回忆也像光阴之河中的漏网之鱼一样,从洛阳松动的房梁上、倾倒的城墙边游走了。

若干年前那场浪漫而璀璨的迁徙,遗落为今日黑暗中的背叛与逃亡。

洛阳城里再也找不出一个可以说故事的人。洛阳即将陷落,而它早已被自己的城民遗忘了。

因为迦毕试还是没能在黑黢黢的影子中遇到他昔日的爱人。

我没有把朱枝交给他。

正月初十下了一场雪。

到十五的时候,雪还没有化。

我和离阿奴在院子里扎兔子灯。白纸糊的兔子灯往雪地里一放,几乎寻不着了。离阿奴就剪了几片红色的油纸,给它们做了眼睛。

我们做了一只特别大的兔子,这是兔婆。另有一些小的,是兔仔。做骨架的竹篾不够了,就拆掉波波匿用来抓鬼的笼子,再一弯一折,拿纸糊了,又多出几只兔仔。那几只被突然释放出来的鬼魂,带着有些意外的神情,嗡嗡地说了好一阵,赖在原地不走。过了一会儿,他们像狗一样扬着鼻子在空气里嗅着,最后一个接一个地钻进了兔子灯里,爬到装着茶油泡过的白米的小盏子上,把身体浸在米粒间,昏昏沉沉地睡了过去。

这是一些无家可归的鬼。没有了装他们的竹篾笼子,他们就自己钻到了竹篾做的兔子里。

我和离阿奴一边扎着灯,一边等"过灯"的队伍。他们会从东边的建春门出发,一路都会有人加入进来,队伍走到我们延年里的时候,就能是几百号人了。

我拿手拧着兔婆的耳朵,扯来扯去。等了半天,"过灯"的队伍还没到。

后来我竟等得在雪地里睡着了。

我在睡梦里听到离阿奴说"来了!来了!",然后看到两盏扇面灯打头,一条长长的"灯龙"进了延年里。沿路不断有人擎着荷花灯、芙蓉灯、狗灯、猫灯加入进去。等队伍出了延年里经过长秋寺时,和尚们也点着灯加入进来。最后,有上千人都参加了"过灯"。人们似乎习惯明媚的灯火，而不是长久的黑暗。人们也似乎忘记了洛阳正在陷落这回事，纵情享乐着。经过永宁寺的时候，三个比丘尼的歌声变成了一阵大风，把"过灯"的队伍吹散了。我手里的兔子灯晃了几晃，装着米和灯芯草的盏子倒了，"噗啦"一下，米都撒到了我身上。火苗像温暖的豆子，在我的头上、脖子上、手背上、裤腿上滚落。我变成了一根燃烧的灯芯草，灼热难耐的滋味从头到脚蔓延开……

我突然惊醒了。

院子里静静的，一片白皑皑的雪上，端坐着一圈红睛的白兔。

白兔的肚里点着灯，先前还在睡觉的那几只鬼被灯芯草烧到，噼噼扑扑地跟着燃了起来。他们只惨叫了不多一会儿，就都烧成了一缕青黑色的烟。

我突然觉得难受，坐在雪地里哭了起来，呕出许多东西。

离阿奴从院子外面跑回来，他对我说："今天城里漆黑一片，没有人扎灯。"

"谁让你点这些灯了？"我气鼓鼓地说。

他看着我，没有说话。

"都熄了！"我爬起来，拿脚去踹那些灯。

离阿奴默默地跟着拿脚去踹灯。

等所有的兔子灯都暗下去，变成跟雪地一样的颜色，我开始把它们一个个都翻过来，朝里面喊："波波匿！波波匿！"

离阿奴没有再帮我。

他站在雪地里，脸上带着疑惑的表情，一动不动地看着我。

在发现朱枝和波波匿就是同一个人的那天夜晚，我把波波匿装进了她亲手做的一只竹篾笼子里。

原来"抓鬼婆婆"就是鬼；而她穷尽一生要抓的鬼，就是她自己。

波波匿和迦毕试究竟有怎样的恩怨，我想这个故事一定与波波匿口中那个朱枝与迦毕试的故事大不相同。

可是不管他们之间有什么样的故事，我都不能把朱枝交给迦毕试。

波波匿和离阿奴是这昏暗无光的洛阳城里我唯一的亲人。如果把朱枝交给迦毕试，我就要失去波波匿；而当阳光照进洛阳，我也将失去离阿奴。唯一的办法就是把朱枝囚禁起来，永远不让迦毕试找到她。

离阿奴不知道，朱枝就关在一盏兔子灯里。

米是鬼魂的禁符，她只能伏在那些浸了茶油的米上。那些灯芯草，不能点。

等我在一盏兔子灯里找到波波匿时，她已经被熏成了黑乎乎的一团。我提起灯，走到院中的水缸边，把灯整个儿按进去。再拧上来时，波波匿已经被涤过，变成了朱枝的样子。身上的黑灰掉干净之后，露出她深红色的裙子，像一只被捞起来的金鱼。

"波波匿！"我叫她。

她睁开眼睛，诡秘地微笑了一下。

"禅师，你为什么不肯放了我呢？"

"因为我不能把朱枝交给迦毕试！"

"洛阳的秘密，并不是我和迦毕试之间的秘密，"她缓缓地说，"洛阳早就已经停止迁徙了。"

"不可能，"我说，"我听得到迦毕试的心在防风氏的胸腔里跳着；我的眼睛里总是无尽的黑暗。如果洛阳早就已经不动了，太阳会照进这里的。"

"你听到迦毕试的心在防风氏的胸腔里跳着，那没错。只是你听到的另一个心跳声……并不是你自己的。"

"那是谁的？"

"是别人的。禅师,你在大业四年的时候就死了。"

"不可能!你撒谎!"

"禅师,洛阳城只是你的一场梦。只是你有的梦长,有的梦短。短的,像元宵的梦,14年前的洛阳燃烧了起来,或是今年'过灯'节上灯笼燃烧了起来,并没有什么不同;长的,像迦毕试的梦,一直要在黑黢黢的影子里遇到另一个人,却总是遇不到。"

"洛阳的迁徙也是梦吗?"

"是的。这是你最长的一场梦。"

"你又在编故事了。我是鬼,你们是什么?"

"你梦里的洛阳城就是一个鬼城。禅师,你想想,为什么会这样?洛阳为什么总是黑夜?洛阳的鬼魂为什么总也抓不完?因为你在这里遇到的所有'人',都是鬼。所有你以为是鬼魂的,其实都是人。南阳公主和宇文士及都还活着,他们并没有变成鬼。而我既不是人也不是鬼,我是迦毕试左臂上的那只朱红色的鸟儿。"

"你编出这样的话,为的就是让我放了你。骗不了我!"

"禅师,有一个人不在你的梦里。他可以证明我的话。"

"谁?"

"云休方丈。"

云休方丈有一张白净年轻的脸,一双素净柔弱的手。单看这些,是断不会料到他和我有多么复杂的前因后果的。

然而我对波波匿的话将信将疑,终于还是带着那盏兔子灯去了长秋寺。

僧人们正在佛堂里唱着《伽蓝赞》。我走过种着桂树、朱槿、香茅、优昙花和暴马丁香的五味园,又去园子里依依查看了地瓜、芝麻、莲藕和石香菜。我还使劲掐了一把石香菜的茎,里面立刻流出明绿色的汁液来。

这怎么可能是梦呢？有这样细致入微、活灵活现的梦吗？

甚至经过那六牙白象的时候，我都特别仔细地抚摸了它。它冰凉、坚硬，不像是可以梦出来的。

进了云休方丈的禅房，他像所有比他年纪大出许多的得道高僧一样，早就知道了我的到来。

他平生第一次用和蔼的眼光端详着我，然后半是自言自语地开口道：

"禅师，这是你的执念，还是我的呢？"

然后，从云休方丈的口中，我了解到了一段波澜不惊的传奇——听起来如同发生在陌生人身上，却又的的确确与我有关。

隋朝的长公主南阳与西域来的胡商迦毕试相爱了。大业四年，长公主下嫁宇文士及，同年生下一名女婴。女婴出生的时候，脖子上缠着脐带，连哭都没有哭一声就离世了。宇文士及怕公主伤心，也怕得罪了皇帝，连夜从民间抱来一名男婴。当夜负责接生的产婆和宫女后来在一场宫廷瘟疫中全部死去。

那个女婴，其实就是公主和迦毕试的孩子。她并不是难产死的，而是被人下了咒术。下咒术的，正是迦毕试左臂上文的那只鸟儿。原来那只鸟儿可以化作人形，是一个黑发白肤的女子，自唤朱枝。朱枝也爱上了迦毕试。可是她那颗鸟儿的心脏是如此之小，而嫉妒又是如此之大。朱枝咒死女婴之后，陷入了死婴的梦里。在梦里，洛阳变成一座黑暗的城市，总是无法被阳光照射，而朱枝也成了一个白发黑肤的老妇，叫作波波匿。在这个婴孩的梦里，所有的因果报应竟然得到了精确的安排。波波匿背负着一个生生世世的难题，那就是她必须抓到朱枝。

我大气也不敢出地听完了云休方丈的话。

这才发现自己已经把手里的兔子灯揉成了一团纸。我低头看着这团雪白的纸，想起兔子灯都是中间一个大的兔婆，两边各有一只小兔仔的。云休方丈说的都是真的吗？为什么听起来那么离奇？原来我不愿放手的亲人，并非亲人；而我一直视而不见的人，却又是生我的人。

这都是真的吗？

如果是真的，那我14年来的生活，波波匿教给我的一切，都是谎言了？

我举起食指，鼓足勇气戳进自己的眼睛。

再拿出来看时，食指上果然沾着墨汁。

我真的，只是一个死去了14年的鬼吗？

白骨拉动的洛阳城，真的只是一个离奇而冰凉的梦吗？

赶在陷落之前，南阳公主遇见了宇文士及，朱枝变成的波波匿遇见了迦毕试，离阿奴遇见了我。而我已经死了……

每个人，都找到属于自己的真相了吗？

夜凉如水，石香菜的味道又幽幽地散开来，好像很多年前的那一天。

朱枝从揉成一团的兔子灯里飞了出来，好似一颗赤红的弹珠。她在空中长出了翅膀和鸢尾，在禅房中盘旋了数圈之后，飞入云休方丈的左臂。我吃惊地发现他的左臂上竟然文着不空成就佛和他的坐骑迦楼罗，跟迦毕试左臂上的一模一样。

而云休方丈敞开的僧袍里，露出一条蜈蚣一样黑色的疤痕。

在这个非凡的夜晚，世界碎裂成了千万块呈现于我面前。夜色中迁徙不止的洛阳城，到底是因为朱枝太爱迦毕试，还是迦毕试太爱南阳公主？是他们刻骨的爱驱动了防风氏的白骨，抑或一切真的只是我的一场长梦？还是如同朱枝到了我梦里就变成了波波匿，云休方丈到了我梦里就变成了迦毕试？而到底是谁挖出了自己的心脏去驱动防风氏的白骨，云休方丈还是迦毕试？

如果是迦毕试，那就如同波波匿和云休方丈告诉我的，这一切只是我的一个梦。

如果是云休方丈，那么迦毕试就完全是一个幻影。云休方丈在遁入佛门之前，需要多么刻骨的爱，才会掏出自己血淋淋的心脏？又该有多大的执念，才会去驱动白骨拉走洛阳城呢？如果洛阳城真的是在迁徙中住进了我们这许多鬼魂，那么当云休方丈放下他的执念的时候，阳光就会照进这里，那时对于鬼魂们来说，才是洛阳真正的陷落。

这个世界的真相如此之多，谁又真的知道呢？

补记

虽然是根据"白骨拖动的洛阳城"写作的小说，然而南阳公主和她的儿子宇文禅师却是真有其人的。另据考证，"庄桃树"也确实是绑走南阳公主一家的那个家丁的名字。而且在小说中仿若配角的南阳公主，其历史事迹却荡气回肠，有很多戏份可做猜想。魏征主编的《隋书·卷八十·列传第四十五》就曾做如下记载：

> 南阳公主者，炀帝之长女也。美风仪，有志节，造次必以礼。年十四，嫔于许国公宇文述子士及，以谨肃闻。及述病且卒，主视调饮食，手自奉上，世以此称之。及宇文化及杀逆，主随至聊城，而化及为窦建德所败，士及自济北西归大唐。时隋代

衣冠并在其所，建德引见之，莫不惶惧失常，唯主神色自若。建德与语，主自陈国破家亡，不能报怨雪耻，泪下盈襟，声辞不辍，情理切至。建德及观听者莫不为之动容陨涕，咸肃然敬异焉。及建德诛化及，时主有一子，名禅师，年且十岁。建德遣武贲郎将士澄谓主曰："宇文化及躬行杀逆，人神所不容。今将族灭其家，公主之子，法当从坐，若不能割爱，亦听留之。"主泣曰："武贲既是隋室贵臣，此事何须见问！"建德竟杀之。主寻请建德削发为尼。及建德败，将归西京，复与士及遇于东都之下，主不与相见。士及就之，立于户外，请复为夫妻。主拒之曰："我与君仇家。今恨不能手刃君者，但谋逆之日，察君不预知耳。"因与告绝，诃令速去。士及固请之，主怒曰："必欲就死，可相见也。"士及见其言切，知不可屈，乃拜辞而去。

史书中称赞了这位长公主的美貌和才气。自从14岁嫁给许国公宇文述的二儿子宇文士及——大名鼎鼎的谋逆之臣宇文化及的弟弟——就以孝顺出名。公公宇文述重病快死的时候，南阳公主以千金之身亲自调饮食，手自奉上。史书对她的婚姻生活并没有太多的表露，只记载了南阳公主一生中最重要的两件事来表现这位皇室之女的刚毅。

宇文化及为窦建德所败，宇文士及自济北西归大唐。当时河北最强大的势力就是夏王窦建德。隋朝的旧臣见窦建德，莫不惶惧失常，只有南阳公主神色自若。见窦建德时公主自陈国破家亡，不能报怨雪耻，泪下盈襟，声辞不辍，情理切至。窦建德及观听者，莫不为之动容陨涕，咸敬异焉。

但后来发生的一件事在现在的我们看来的确有不合情理之处。及窦建德诛宇文化及，当时公主有一子名禅师，年且10岁。窦建德派武贲郎将于

士澄询问公主道:"宇文化及躬行弑逆,人神所不容,今将族灭其家。公主之子,法当从坐,若不能割爱,亦听留之。"公主泣曰:"武贲既是隋室贵臣,此事何须见问!"建德竟杀之。就这样南阳公主最后的一点血脉,隋炀帝的外孙就这么死了。

此后不久,南阳公主剃发为尼。从史书中我们只知道她一直生活在窦建德所控制的势力范围内。及窦建德败,南阳公主回到西京长安,后来复与宇文士及遇于东都洛阳。公主决意不与相见。宇文士及就之,请复为夫妻。南阳公主拒绝了他,说:"我与君仇家。今恨不能手刃君者,但谋逆之日,察君不预知耳。"士及知不可屈,乃拜辞而去。

《赶在陷落之前》让历史上真实存在的人物做了一回幕景。至于把宇文禅师这个皇室后裔设定为一个女娃,则主要是受了宫崎骏的影响。文中的"波波匿""迦毕试"都是古代中亚的地名。

科幻文学群星榜

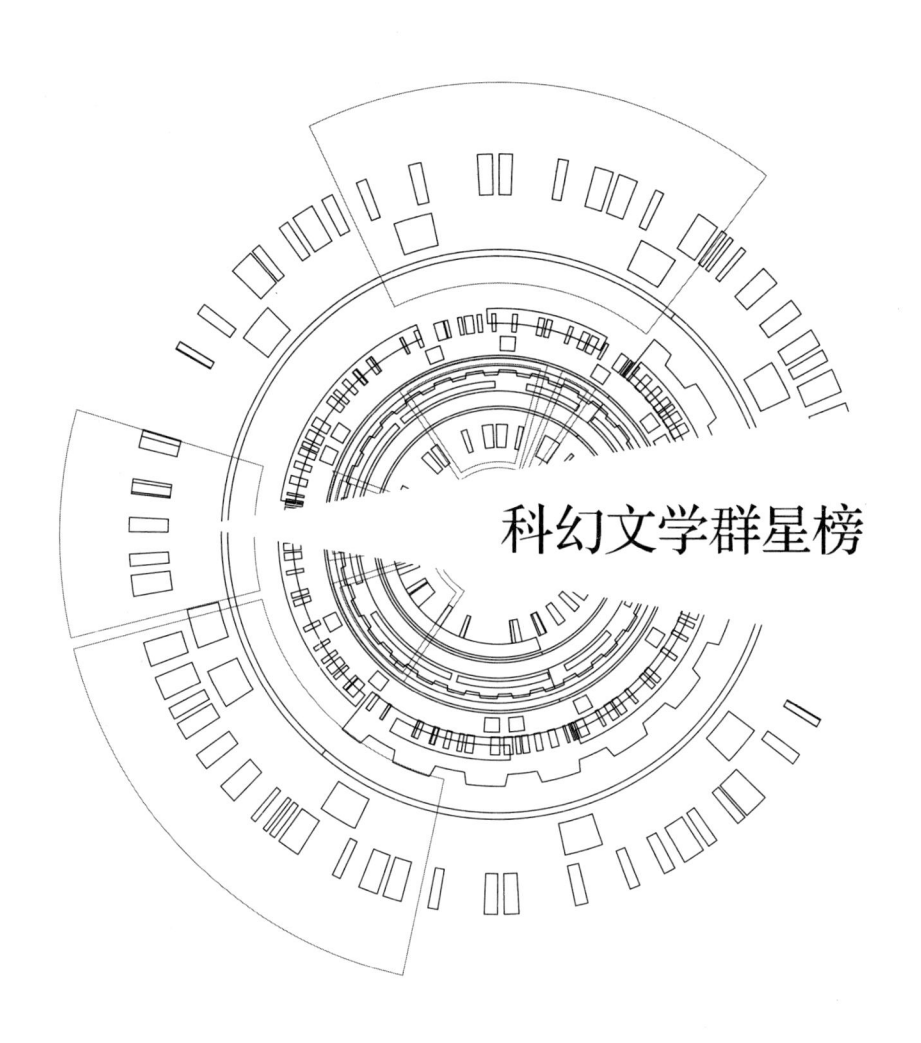

科幻文学群星榜出版书目

序号	作者	书名
1	郑文光	侏罗纪
2	萧建亨	梦
3	刘兴诗	美洲来的哥伦布
4	童恩正	在时间的铅幕后面
5	张静	K星寻父探险记
6	程嘉梓	古星图之谜
7	金涛	月光岛
8	王晋康	生死之约
9	刘慈欣	纤维
10	潘家铮	子虚峡大坝兴亡记
11	韩松	青春的跌宕
12	星河	白令桥横
13	凌晨	猫
14	何夕	异域
15	杨鹏	校园三剑客
16	杨平	神经冒险
17	刘维佳	使命：拯救人类
18	潘海天	永恒之城
19	拉拉	永不消逝的电波
20	赵海虹	月涌大江流
21	江波	自由战士
22	宝树	人人都爱查尔斯
23	罗隆翔	朕是猫
24	陈楸帆	动物观察者
25	张冉	灰城
26	梁清散	面包我的幸福
27	七月	撬动世界的人于此长眠
28	杨晚晴	天上的风
29	飞氘	讲故事的机器人
30	程婧波	第七种可能
31	万象峰年	点亮时间的人
32	长铗	674号公路
33	迟卉	蛹唱
34	顾适	为了生命的诗与远方
35	陈茜	量产超人
36	刘洋	单孔衍射
37	双翅目	智能的面具
38	石黑曜	仿生屋
39	阿缺	收割童年
40	王诺诺	故乡明
41	孙望路	重燃
42	滕野	回归原点